U0120490

不确定宣言

1 本雅明在伊比萨岛

[法] 费德里克·帕雅克——著

余中先——译

Frédéric Pajak

四川文艺出版社

目 录

前　言

我是个小孩，大约十岁。我梦想写一本书，把文字和图画混杂在一起。一些历险，一些零碎的回忆，一些警句格言，一些幽灵，一些被遗忘的英雄，一些树木，以及怒涛汹涌的大海。我积攒着句子与素描，晚上，星期四下午，尤其是犯咽炎和支气管炎的日子，独自一人在家里，自由自在。我已经写画了厚厚的一沓，却又很快把它们毁掉。书每天都在死去。

我十六岁。我进了美术学校，我很烦闷。六个月后，我离开了那里，毅然决然。我烧掉全部画作：它们不像是我所梦想的书。

我成了国际列车卧铺车厢的列车员。那本书突然就于深夜出现在了一列火车中，那是在跟一个彻夜无眠的旅客好几个小时的闲聊之后。凌晨，在罗马火车站附近的一个咖啡馆里，我有了这个题目："不确定宣言"[1]。在那个时代，意识形态到处存在，左派分子，法西斯分子，各种确定性在一个个脑袋里打架。意大利受到种种恐怖袭击的威胁，大家都认定是无政府主义者干的，实际上却是秘密警察所操纵的新法西斯主义者小团体干的。而他们的资助者呢？有人说是基督教民主党的高层，有人说是共济会的宣传二处[2]，甚至还有人说是美国的中央情报局。彻头彻尾的一派大混乱。在工厂中，工人全面自治已成为日常秩序。所有的政党都焦虑不安。如何让工人阶级闭上嘴？恐怖主义显然成了反对乌托邦的最佳药方。

在一份小报上，我发表了一篇很短的故事，它的题目就已经叫作"不确定宣言"了，那是一种以青春过失为形式的模糊尝试。那时候我住在瑞士。我离开了瑞士，我一个人去巴黎郊区的萨尔塞勒过暑假。在这个整个八月都是一片荒凉的小城镇中，在一个塔楼群的脚下，有一家酒吧，那是街区中的唯一一家酒吧。去酒吧的只有北非人。和他们有一些接触之后，我就下定决心立刻前往阿尔及利亚，去寻找我的《宣言》。不过，那却是另外一个故事了。那时候，我的书重新成形，也就是说，它重新形成为一篇枯燥乏味的草稿：那是一个孤独者的精神状态，对爱恋之苦的抽象报复，对意识形态、时代氛围、逝去时光的哀号。

我在巴黎安顿了下来，住在皮加尔街42号的顶层楼上，一间小小的两居室。始终孤单一人，没有女人，没有朋友。一年的孤独、悲惨。我没有钱，没有工作。我想尽办法发表绘画作品，但遭到所有报刊编辑的拒绝："商业价值不够。"这一理由，我将会反复听到，在巴黎，在欧洲，尤其在我将去生活一段时期的美国。我成了乞丐，好几次。所有金钱关系都是反人性的罪恶。

我用中国墨来画画，但我也用水粉颜料来表现长着人类身子的怪鸟，它们踩着滑雪板，在小小的公寓中要飞起来。我写一些很短的叙事作品，有时候短得仅仅只有几行。我毁了一切。《宣言》在没完没了地死去。

一年又一年过去，我四十岁了。我在一家出版社出了第一本书。这是一次惨败："商业价值不够。"四年后，又出版了一本新书，然后，新书接二连三地出版，奇迹般地畅销。它们每一本都是重新找回《宣言》的一种尝试，但是，每一本都与它失之交臂。于是，我重拾《宣言》，我隐隐约约地知道，这事情根本就没有完结。我拾取好几百页的笔记本：报纸的片段，回忆文字，阅读笔记。然后，一幅幅图画积累起来。它们如同档案馆的图像：复制的旧照片，照着大自然临摹的风景，种种奇思妙想。它们经历着各自的生命，却什么都不阐明，或者只是阐述一种模糊的情感。它们进入图画盒，而在那里，它们的命运还不确定。对于字词也是同样，小小的微火，就像黑色书页上的洞。然而，它们凌乱地向前，贴到突然出现的图画上，形成一些到处凸现的、由一旦借到便永不归还的话语构成的片段。伊西多尔·杜卡斯[3]写道："剽窃是必需的。进步要求剽窃。它紧紧地抓住一个作者的句子，采用他的表达法，抹去一个错误的想法，代之以正确的想法。"这话说得英明至极。瓦尔特·本雅明[4]说得也同样精彩："我作品中摘录的语句就像是拦路抢劫的绿林强盗，它们全副武装地从斜刺里杀出，把闲逛者所相信的一切都夺走。"我们总是要借用别人的眼睛，才会看得最清楚。为了更好地说出痛苦与怜悯，基督与圣母被世人抄袭和剽窃多少遍？

孩提时代，我在书本的梦幻中寄放了后来将成为回忆的东西。而现在，我依然有强烈的历史感，在学校的长椅上，我清楚地听到了奴隶们在雅典街道上的哀叹，战败者从战场上走出来时的悲号。但是，历史在别处。历史是学不会的。历史是整个社会都必须体验的，不然就会被抹去的一种情感。战后的一代人因为重建了世界而失去了历史的线条。没错，他们是重建了世界，他们也让和平降临在大地上，宛如长长的一声叹息过后，就忘却了苦难的时代。现在，我们还生活在这和平的残余中，而正是带着这些残余，我们即兴创造一个社会，一个抹去了以往许多社会的社会，一个没有了记忆的社会，就像那个美国社会，它为我们规定了要哪一种和平，至少是规定了和平的面具。今天的和平是完全相对的，因为它靠那些发生在远方的、地区性的战争滋养着，而那些战争与我们拉开了距离，体现出令人绝望的种种景象。

但是，有另一种战争在啃噬着我们，却从来没有正式爆发过：这就是"使时间消失的时间战争"，是由一种现在时态所进行的战争，而它被剥离了过去，并被粉碎在不可信的、灿烂的或幻灭的未来之中。现在时态失去了过去时态的在场，但过去时态并不因此而彻底消失——它延续在回忆的状态中，一种无生气的，被剥夺了话语、物质以及现实的回忆。现在时态把时间变成了一种空洞的时间，悬浮在一种根本找不到的历史之中，而这空洞充满了一切，并展开在一切可能的空间中。或许正是因为这空洞的自我完成，某种东西才会突然出现，就仿佛那消逝的时间应该让位给另一种时间，一种前所未有的时间。从此，被冠以"现代性"之名的现在时态就有了完成生命进程的可能性。或者不如说：现在时态应该不惜一切代价地插入到它那重构的过去，以免让自己沦落到被遗忘的境地。这是哲学家科斯塔斯·帕帕约阿努[5]的郑重警告："现代性正是以一种纯粹而又专一的人类经验的名义，肯定了现在对过去的优先权。人类时间明确地脱离了物理或生理时间的支配。它不再按照天体运转或者生命循环的样子，描画出一个圆圈的形象。它从自然中摆脱出来，解放出来，它所包含的只有对物质上的那些新因素的唯一承诺：它所传达给意识的，再也不是星辰与季节那永恒不变的秩序，而是简化为人的自身、人的孤独、人的未完成状态的形象。"

历史总是愚弄我们，因为事后证明它总是有道理的。它可以完美地变成一出反对现代性和科学的开放式战争戏剧，而科学全然在它的统治之下——正如威廉·福克纳[6]所说，科学是一张"不可亲吻的危险的嘴"。

以碎片化的方式，唤回被抹去的历史和对时间的战争，这就是我创作《宣言》的目的。第一卷由此开启，而其他各卷将以不确定的方式，跟随而来。

"但你不再有湿润的欢愉了……"⁷

　　我的祖母很喜欢我，甚至有些过分溺爱。我是她孙子辈中的老大，她的勿忘我，她的宝贝。我是很晚才认识她的，因为我是父母瞒着祖父母和家里其他人偷偷生下来的。

　　我的父亲和母亲相遇于斯特拉斯堡。我父亲说他是没有家的人，一个孤儿；至于我母亲，她两岁的时候就失去了父亲，她母亲改嫁给科尔马地方的一位名流，此人得知了我母亲跟我父亲的恋情后，拔出手枪冲她怒吼道："假如你跟这个流浪汉一起出去，我就杀死你，杀死你母亲！"流浪汉，他指的是波兰人，简言之，就是外国人。

　　因此，我是在科西嘉受孕，在巴黎郊区絮雷纳一家为大学生开的小诊所中被产钳夹着生出来的。我母亲在索邦大学学习，我父亲在驻扎于凡尔赛的一个团里服兵役。我被放在一个哺乳室，在那里睡不好，吃不着，也不能玩耍。周末，我母亲把我带到她那位于玻利瓦尔大道上的小房间里。

　　在过了几个月这种要命的秘密生活之后，我父母向他们的家庭透露了我的存在，于是，祖母就把我接过去了。

　　我还记得她的气味，记得她那个小小公寓的气味，记得她的暹罗猫死去后缩成一团像地毯卷起来的样子，记得有一个塑料的玩具小鹳不时地低头啄一盆花，记得镂空砖头隔出的一个个阳台。那是在斯特拉斯堡战后的街区中，离橘园很近，我们常常去那个公园，看关在笼子里的动物。我记得它们的忧伤，记得浣熊身上发出的怪怪的臭味，还有冷冰冰的树木之间的那些踱步，那些呻吟。我的头脑中没有太阳，只有一片湿漉漉的天空。

　　温柔的话语混杂在沉重的战争回忆之中：轰炸，警报，年轻的德国小伙子的部队，身穿粗制滥造的军装，饥肠辘辘，溃乱中走向最终的失败。整个斯特拉斯堡都散发着战火的气味，还有废墟般的断墙残垣上的尿臊味，还有悔恨。

　　我一个字一个字地认识了战争。我从我祖母的嘴里听到了人们的死去：邻居、朋友、敌人。祖母名叫欧也妮·普莱，我叔叔叫她"小母鸡"[8]。是她让我睁开眼睛看到了爱、温柔、热烈的亲吻，还有浴巾在我赤裸身体上的抚摸。在她的床上，她的体温熨帖着我。

　　我并不认识祖父，即父亲的父亲，他叫让·帕雅克。在我出生之前，欧也妮·普莱就跟他离了婚。他酗酒。他赌博。他不付食宿费。她把他送进了监狱。我对他没有一丁点儿的记忆——他是不是已经死于酒精中毒了？——我没有记忆，除了一幅很大的油画，还有一些水彩画，因为他是个画家。

　　我想到爱的时候，无法不同时想到祖母。她一直在爱着我，宠着我，直到我的青春时代，因为在那一刻，她认定我不再是个小孩子了。我变成了一段温馨的回忆，一段被永远回味的时光。

　　在弥留之际，她已认不出我来了。她把我叫作雅克，那是我父亲的名字，但他早在四十年前就死了。她看到我时，就为那埋藏在她混沌脑海里的儿子哭泣。在这个等死的房间中，一扇可怜的窗户勾勒出一片灰色天空。我并没有去她的坟墓，也没有去她的丈夫让以及儿子雅克的坟墓。我没有在墓地游荡。

　　在石头底下，在泥土底下，没有任何人。

因为我很懒，我父亲给我起了个外号叫"帕夏"[9]。帕夏，帕夏克，帕雅克。他叫雅克·帕雅克。"喂，我就是雅克·帕雅克……"——"到底是雅克，还是不是雅克？"[10]

雅克·帕雅克是让·帕雅克和欧也妮·普莱的儿子。是谁想到要给他起雅克这个名字的呢？

我，帕夏，我懒洋洋的，无所事事。我非常偷懒，但我又做非常多的工作。夜以继日地工作，没日没夜地工作。我说"工作"，意思就是"刻苦，耐劳"，取其劳作的古老意思。我从十五岁起就在一家印刷厂工作，随后，在美术学院待了六个月之后，我就去当了临时工，在印刷、排字、轮机的作坊中一直干到三十岁，还在一些工厂和工地上干苦力活。

一种令人厌烦的工作：在炎热的夏天，光着脑袋，顶着烈日，在高速公路的一座高架桥上，为路面铺沥青之前，先在混凝土的表面涂上一层黑色的胶质材料，为的是能在冬天保护路基免受融冰盐的侵蚀；一种有毒害性的工作：腾空和清扫路基，然后在那上面涂上重油；一种屠杀的工作：为一家工业化屠宰场装卸货物，装上和卸下一扇扇带骨架的肉，一箱箱牲畜的内脏，以及不同种类的肉食，同时一大清早就在屠宰场中听可怜的动物厉声号叫。

始终都是毫无尊严可言的工作。长发披散在肩上，双手过于细嫩，神情太女性化，我成了打工仔中的小工，一个跑腿的小娘炮，或许还更糟：人们叫我"大学生"，因为我是在放假期间工作的。

就这样，我工作了十多年，从来没干过全年工，每次只干上一个星期，星期五晚上拿工钱，是现钱。我熟悉小头目、小工长们的种种暴政，老板们的自负，雇工们的软弱。从来就没有什么"团结"可言：劳动者们永远不喜欢临时工。

我以"工作"这个词最原始的意思工作着，总睡不上什么好觉。夜班的工作让我整个白天疲倦无力，而白班的工作又会在大清晨过早地逼我起床。

我父亲看得很准：我是个懒鬼。但还不止如此。当我出生时，他把我抱在怀中，我咧嘴大笑起来。"我的天啊，他竟然在嘲笑我！"实际上，这是一个误会，而从此，这样的误会，我曾经挑起过多少次啊！

这就是腼腆之人的本质，在麻烦、尴尬的那一刻，他们会咧着嘴憨笑或傻笑，使劲地咽口水，为的是让自己免于在面对不公正、蔑视与傲慢时脱口而出。对我们这些腼腆的人，说话应该是被禁止的；话语应该在我们的身心中就被掐死。这样，我们的生活与其他人的生活就会变得柔和一些。

奇异的是，词语看来是一种必需，一种安慰，同时，它们又是一种错误，一种迷失，是不理解的一个源泉。面对着滔滔不绝的口才，面对着那些如簧的巧舌，那些响亮的嗓音，我会感到惊愕，它们慷慨激昂地宣扬它们属于"现实"——我说的是权威。当然，在这一过于有序的无穷的嘈杂面前，深渊敞开了，我连一个词都不相信。我相信的是结结巴巴，是在荆棘与灌木丛中被扯碎的话语。我相信真理是彻底的、绝对的、完全无法表达的。

到了二十二岁，我成了一个青年男子，我已经从"帕夏"彻底变成了一只树懒。我爱上了一个姑娘，她是个小淘气。她在内心深处坦率地看待自己，表现自己，像是突然就从童年中跳出来的离奇之人。我给她起了个外号叫"小妖精们"，意思就是一群小淘气，就是她的身上有着很多个小妖精。确实如此。

我记得她在中国东北一个海滩上，开心地采集着留在沙滩上的海星，准备再放回到海水中去。她努力地重新诱惑这个世界，重新创造她美妙无比的童年，用她那条背带裤，她那双湿漉漉的月牙般的眼睛。

而我，在这个童年中，我又是谁呢？一只懒洋洋的动物，挂在树枝上的树懒，用三个趾尖艰难地采一种奇妙的红色果子。

根据布封[11]的观察，三趾树懒只是一种可怜的动物，根本无力抓捕任何猎物，吃它们的肉，甚至都无法吃草。它只能以树叶与野果为生。它能在树底下勉强走上几步，也能费力地爬树，而在这一需要耗费多日多夜的缓慢而又忧伤的操练中，它不得不忍受饥饿。

很快地，就像小淘气变成了"小妖精们"，树懒也变成了"a们"[12]。从此，在我身心中就存在有很多个懒惰的动物，而字母表上的第一个字母就足以赋予我生命。

赞美误会

　　1945年，贝克特[13]发表了一篇题为《世界与裤子》的杂文[14]，专门献给两位姓范·费尔德的荷兰画家亚伯拉罕和杰拉德斯——他们的外号是伯拉姆和杰尔[15]。

　　他总结道："我们只是开始跟范·费尔德兄弟开开玩笑。我开了系列。这是一种荣幸。"

　　没错，贝克特确实是在开玩笑。此外，他还是唯一能做得如此出色的作家或批评家，尤其在谈及伯拉姆时。例如，他说，这种绘画"发出一种有特点的响声，就是远远地甩上门发出的那种"。

　　好几次——甚至还是违心地——他回过头来重提伯拉姆·范·费尔德。但是这一位，忠实于他自己，抵抗着任何玩笑，叹息道："我不喜欢说话，我不喜欢别人跟我说话。绘画，那是静默的。"

　　范·费尔德是个严肃的家伙。他毫不设防，有时候还显得很滑稽，他知道他会引人发笑。在读到贝克特的剧本《终局》时，他承认从中认出了他自己说过的一些话。贝克特在他身上找到了"彻底绝望者"的典型样板。

　　范·费尔德生活在神圣、痛苦、贫困之中，正如他的同胞凡·高与蒙德里安[16]，完全不苟言笑，对任何过度的讥讽嘲笑都抱着敌对的态度，被新教国家的巨大忧虑压得喘不过气来。

　　事实上，我们不应该忘记这一点：贝克特接受的是新教的教育，这很明显地体现在他的写作中——在他的人物中，在他那稍稍有些高傲的拘谨中，也在他对言外之意的趣味中。

　　恰恰如此，他难道没有在范·费尔德身上，在他的整个分析之中，看到一个用不着明说的完美之人吗？更有甚者：他从中发现了最终无法作画的画家，因为"没有什么可以画的"。

　　"我是不是应该由此理解为，"一个叫乔治·杜推的人[17]问道，"范·费尔德的绘画作品缺乏表现力呢？"

　　贝克特在两个星期之后回答：

　　"是的。"

因此，身为新教徒，又喜爱开玩笑的贝克特，就能够拿范·费尔德的严肃来取乐了。贝克特并不由此而大肆嘲讽，也不抱怨。他带着赞赏与热情尽情地享乐。或许这位流亡的画家让他联想到自己的流亡？因为，那些流亡者，他们都是同一个种族。

凡·高随身带上了他那不可慰藉的忧伤，还有他那水平方向上一望无际的故国，来到了同样水平方向上一路延伸开去的小麦田[18]，而面对着这一片麦田，他朝自己的胸膛开了一枪。蒙德里安，他先是在巴黎下了船，后来又去了纽约，在他的眼底保留了一片片方正的田野，一望无际，种的是郁金香与土豆。

　　凡·高和蒙德里安的画是地平线方向上的涂鸦，那是他们家乡的地平线。而范·费尔德的绘画可以说是垂直的。离开了这灰色的平淡的故乡，他随身还保留了什么，能把他的画如敞开的窗户般立起来呢？或许是挺立在这里那里的一些树木，或者是风车的叶片，那是他仅留下的对空荡荡天空底下垂直形象的回忆，他将把它们带往各地，一直到科西嘉，一直到马略卡。[19]

　　没有一个流亡者会忘记自己的故土。在遇见他年轻的同胞贝克特的时候，詹姆斯·乔伊斯[20]这位永恒的流亡者，对他重复了这一条法则："尤利西斯确实做了一次漂亮的游历，但最终，他还是回归了……"

　　贝克特永远都不会彻底离开他的那个岛，也不会离开他的语言。他将会有一段时间来畅饮这样一位大师，这样一个不可救药、不知悔改的耶稣会教士的话语，然后才能找到他自己的音色，他自己的笑声，尤其是找到让人发笑的东西。他将成为一个喜剧性的新教教徒，一个先驱者，能够把任何一种软面团似的无趣谈话，变成一段既滑稽又无望的对话，一段既现实又不可信的对话。

　　在范·费尔德的目光中，贝克特相信看到了一个兄弟，"他第一个承认，作为艺术家，就是要敢于失败，任何别人都不敢承担的失败……"

　　多么不同寻常的误会：在一个人心花怒放地让他的世界滑稽搞笑的地方，另一个人会向着寂静与空虚打开窗户，在那些泛滥的色彩中，不苟言笑地描画出几条粗粗的黑线，并且不忘重复一句："在每一幅画中，都有这么大的痛苦。"

　　面对着画家，贝克特就像是一匹飞奔的纯种马，气喘吁吁地穿越栅栏，又突然停下步子，惊讶地站在那匹缄默的役马面前，只听他偶尔也会说出几个决定性的字词来："我对绘画不感兴趣……我所画的，是绘画之外的东西……"或者更甚之："我画出绘画的不可能性。"

　　受到刺激的贝克特则回答他说："那个先前并不在那里的五颜六色的表面究竟是什么？我不知道，我从来没有见过任何类似的东西。这跟艺术似乎没有任何关系——假如我对艺术的记忆还算准确的话。"

诸如此类。

　　贝克特开玩笑地说，同意。但并不总是如此。他宣称自己不是知识分子，只不过具有敏感性，被这种绘画感动，感动于"它所表现的一切非理性、天真、无结构与粗犷"。他贴近了他的奥秘，饱食一通，然后又很快回到他的玩笑中。他太了解范·费尔德的焦虑会把他一直带向哪里了。而在"我抓住你下巴胡子了"的游戏[21]中，他早就预料到伯拉姆会赢。

"只有天空"

　　1932 年 4 月 7 日，汉堡。货轮"卡塔尼亚号"结束了货物柜箱的装船，现在，轮到乘客登船了。瓦尔特·本雅明上了船，行李不多，或许只是一只很轻的硫化纤维板行李箱，他把它塞在自己的卧铺底下，那是在一个三等舱。

　　本雅明是一个中等身材的男子，穿一件暗色的上装，外表看起来壮实、平凡，胖嘟嘟的脸，短发平顶，鬓角已经花白，一撮黑色的小胡子，几乎要把一个"敏感的伊壁鸠鲁式的享乐主义者"的厚嘴唇全都盖住。在他那副圆眼镜的厚玻璃后面，他的眼睛显得小了不少。

　　前往巴塞罗那的这一段航程将持续十二天，而最开始的四天，都是暴风雨的天气。之后，他转乘"瓦伦西亚号"，前往伊比萨岛[22]。

　　七年前，1925 年，在汉堡港，他曾经搭乘同一艘"卡塔尼亚号"，也是三等舱。作为一个嗜书如命的人，他曾下决心要少买一些书，省下钱旅行。

　　在中途停靠时，他游历了科尔多瓦、塞维利亚，时间至少够他"匆匆浏览了西班牙南方的建筑、风景与风俗"。他给一些朋友寄去了明信片。明信片，那将成为他终身保持的爱好。

　　在巴塞罗那，他立即任由自己投身那"不断出错的线路"中，在低城区的小巷中转悠，一直闲逛到偏僻的街角，小咖啡馆。

　　巴塞罗那——"荒凉的海港城市，在一个狭小的空间中，很高明地模仿着巴黎的林荫大道"。

　　"卡塔尼亚号"还先后在热那亚、利沃诺、比萨停靠，最后来到那不勒斯。从那里，本雅明前往卡普里岛。岛上的生活水准并不太高。那是他最后的无忧无虑的时光。在正午毫无阴影的阳光下，他在一封信的末尾写道："词语是所有侮辱中最大的一种。"

　　词语？但是，哪个词呢？哪些侮辱呢？

　　本雅明崇敬词语，以至于会放任词语沉湎于那过度的飞旋，沉湎于那灿烂的黑暗，"因为，确切地说，当你失去词语，一种悖论就会产生"。

　　1932 年 4 月 7 日，在汉堡的港口，当本雅明拖着步子走上舷梯，准备进入轮船的肚腹时，他已经快四十岁了。他是作家。作家吗？或者，是思想者、读者、译者？……他至少有一个名声，是一个很不好懂的作者。哲学家吗？

本雅明在写个人履历时，是如何定义他自己的呢？——他曾经写过六份履历，而每一个版本都给出了一个不同的人生。

他宣称，他喜欢哲学，喜欢德语文学史，喜欢艺术史，也喜欢研究墨西哥问题。

后来，他说自己是独立的研究者与作家，没有宗教信仰，也不属于任何一个政党。他说他研究过文学的科学。

顺便提一下，他还定期地在《法兰克福汇报》和《南德广播报》上发表对科学出版物的评论文章。

再后来，他做了一些文献学家与翻译家的工作，尤其是翻译了波德莱尔与普鲁斯特的作品。

最后，他宣称自己对语言哲学、艺术理论以及造型艺术社会学也很感兴趣。

但是，为了谋生，或者毋宁说是为了存活下去，他也写过一些广播剧与一些随意的文章——"一些专门在广播和报刊说的傻话"。

本雅明并不掩饰他的野心，他要成为"德语文学最重要的批评家"。

谈到哲学，他感觉自己"令人绝望地被置于这个专业圈子的中心"。他还补充说："哲学家们是奴才中薪酬最低的，因为他们是国际资产阶级最肤浅的奴才。"

实际上，他不仅受到了浪漫主义诗歌的启发，还受到了精神分析法、历史学、社会乌托邦、哲学等的启发——他梦想着能把柏拉图、斯宾诺莎和尼采都结合到一起。他尤其寻求把不可调和的东西调和到一起：犹太文化传统、共产主义、无政府主义理想，尽管他觉得后者已经丧失了价值。

　　1924 年。德国正从极度通货膨胀过渡到价值重建：帝国马克代替了德国纸马克。德国人又能去旅行了。本雅明第一次前往那不勒斯，他是坐火车去的。然后，他去卡普里岛小住，从 4 月一直住到 10 月。

　　9 月 16 日中午，意大利政府的新首脑贝尼托·墨索里尼在护卫队、支持者和宪兵的簇拥下，排场煊赫地来到了卡普里岛。那样的景象，那样的规模，给人以深刻的印象，但是，当地居民对此却无动于衷。

  本雅明因独裁者如此缺乏魅力而震惊："他根本就没有明信片上所展示的那种心灵征服者的气质：他狡猾，慵懒，有点傲慢，简直可以说是抹了大量带哈喇味的油。他身体软绵绵的，手像肥胖的小店老板那样松弛无力。"跟希特勒完全不可同日而语。而那时候，希特勒还被囚禁在莱希河畔兰茨贝格的城堡中，在他那个条件舒适的囚室中，对他的同伴口授他未来的那本畅销书《我的奋斗》。

  而眼下，在卡普里岛，德国人还没有做任何坏事，除了作为游客纷纷涌向海边，犹如"放荡不羁的波浪"。

　　本雅明订阅了《法兰西行动》，这是一份由夏尔·莫拉[23]主编的保皇派报纸。他发现这份报纸上的文章大多还可以，尽管他对观点有所保留，还是觉得阅读这份报纸有助于他审视德国政治的种种细节，而不至于让自己变得愚笨。他同样还很欣赏雷翁·勃鲁瓦[24]写的那部两卷本的"卓越的"《俗套通释》，作者是法兰西天主教主义最强硬的论战者——"试问一下，人们到底有没有写过比这更激烈的批判资产阶级的文字？……"

　　在佛罗伦萨和佩鲁贾的街头，他发现自己被淹没在欢庆的法西斯分子中。"假如我不仅仅是《法兰西行动》的读者，而是其在意大利的通讯记者就好了，那我就不会对自己再作别的安排了。"

　　他注意到，在武装民团中有大量的青年人。"所有离开了母亲胸脯的人"全都拥上了大街。

　　人群——在罗马，在柏林，在莫斯科，"这些麻木迟钝的庸众期待着什么，难道不是一场灾难，一场火灾，鲜血与眼泪中的最后审判？仿佛唯一的一声叫喊响起，仿佛一阵风吹来，吹开了大衣的下摆，让人突然发现了鲜红色的衬里。因为，惊恐的尖叫，惶恐不安，那才是一切真正的大众庆典的内心一面。从所有这些不耐烦的肩膀上掠过的轻微战栗，都是庆典的狂热的欲望。"

　　在墨索里尼治下的意大利半岛之行中，他掂量了刚刚诞生的法西斯主义的价值。"Fiat ars, pereat mundus[25]——让艺术涌现，让世界死去！"从 1909 年起，马里内蒂[26] 就是这样宣告的。在他的《未来主义宣言》中，他还补充说："我们愿把荣耀归于战争——它是世界唯一的清洁方式——还有军国主义、爱国主义、无政府主义者的破坏行为、能杀人的美好理念，以及对妇女的蔑视。"

　　还有："把烈火引向图书馆！"

本雅明是脱胎于未来主义的达达主义者的同时代人。在瑞士，他就是胡戈·巴尔[27]及其女伴艾美·海宁斯[28]的邻居，他们俩是伏尔泰酒吧的创始人，达达主义运动最初的实践就是在那里进行的。他跟其他的达达主义者也来往密切，例如威兰德·赫兹菲尔德[29]和他的兄弟约翰·哈特费尔德[30]，还有汉斯·里希特[31]。后者是艺术家，还是杂志《H》的出版人，本雅明在1924年为他翻译过"特里斯坦·查拉[32]的一个笑话"，题目叫《反面的照片》。

本雅明不是不了解那些艺术先锋派人士，但对他们不那么感兴趣。他有意识地跟他们保持一定距离。他那浸透了马克思主义格言警句的怀疑主义让他说出这样的话来："先锋派最大胆最超前的那些作品，在所有的艺术种类中，都没有其他观众——无论在法国还是在德国——除了大资产阶级观众。"

在卡普里岛，还是1924年，除了《法兰西行动》和雷翁·勃鲁瓦，他也读尼采的妹妹伊丽莎白·福斯特[33]的作品，尤其是还读了马克思主义者卢卡奇·久尔吉[34]的《历史与阶级意识》，这本书对他产生了深刻而又久远的影响。但是，在这些零零碎碎的阅读中，他的真正趣味会走向何处？很难说清楚。

他计划要写一写他心目中的"三大形而上学家"：弗兰兹·卡夫卡、詹姆斯·乔伊斯和马塞尔·普鲁斯特；他还囫囵吞枣地读侦探小说，尤其是乔治·西姆农[35]，他在自己的书架上就数出了十四本；他也没有忘记司汤达，并对朋友哥舒姆·肖勒姆[36]坦言："我又读了一遍《巴马修道院》。我希望你也一样，能为自己第二次提供这种愉悦。再没有什么比它更美了。"

唯美主义者、道德主义者、民粹主义者、为高级辩证法而苦恼不已的业余爱好者，本雅明迷失其中。

正是在某一个段落的转弯处，在一个意外事件中，一个笔误中，又或者是在印度大麻的某种作用下，悄无声息地滑过来了另一个本雅明的句子，那是一个从推理中摆脱出来的本雅明："哦，胜利之柱，金黄色的，犹如童年时代的糖渍冰饼干。"

此外，他的词语也跟忏悔一样咔嗒作响："我为什么辨认不出任何人，我为什么总把人误认？谜题的破解：因为我不想被人认出来；因为我自己也愿意被人误认。"

词语。他不知疲倦地驱策词语向前，就像棋盘上的小卒子逼近王后，不怕自己被吃掉。他在卡尔·克劳斯[37]的作品中读到"我们越近地看词语，词语就越远地看我们"。对这一绝妙好辞，他以戏言回道："作为作家，我们越是老去，在阅读时就越常被自己尚未写出的一个词打击到。一个这样的词能够标志整整一个时代。越往后，这些词语打击你的程度就越重，而且越频繁。因为词语毫无磨损的新意总是很晚才觉醒，而你更常遇到的是不新鲜的词语，早已带上我们自身行为的痕迹。"

挖掘者挖掘着词语的洞，从来不会停留于"不计代价的冲突中"，他不知疲倦地追逐新的理论，这个理论会赶走那个，那个又会赶走另一个，而每一个都会重组成另一个，卷土重来。

1927 年年初，本雅明似乎从苏维埃理想的幻觉中醒来。从莫斯科回来后，经过种种反思与犹豫，他终于忍住了，没去加入德国共产党。然而，两年后，他对布尔什维克主义的学说还是半信半疑，他激烈地指责乔治·杜阿梅尔[38]，后者在 1922 年出版的《莫斯科游记》中曾这样断言："真实的、深刻的革命，在一定程度上会改变斯拉夫灵魂实质的革命，还没有真正完成。"

对于本雅明，杜阿梅尔的说法是"对真理的背叛"，这在法国左派知识分子中是很典型的。但这并不妨碍他大胆地提出了这一异端的看法："自巴枯宁以来，欧洲就缺少一种关于自由的激进概念。"

本雅明既是马克思主义者，又是怀旧主义者、无政府主义者、怀疑论者，他依然坚信："革命知识分子的双重任务，是要推翻资产阶级的精神统治，并且进入到与无产阶级大众的接触之中。"他自问，这一简直不可能完成的任务是不是将由一些无产阶级的作家、思想家、艺术家来完成，或者，这些人——按照托洛茨基的说法——只是在无产阶级的革命胜利之后才会涌现出来。这便是所谓的两难境地，而这一两难境地引导着他，让他对在资产阶级社会中中断任何"艺术生涯"的必要性提出了严肃的质疑。

他自称深受超现实主义的吸引，尤其是安德烈·布勒东的《娜嘉》[39]——"介乎于艺术小说与影射小说之间的创造性综合"——还有路易·阿拉贡的《巴黎农民》[40]。晚上,他躺在床上,总是无法静静地读三页以上,因为"心会狂跳不已"。他知道,他无论如何都得从中摆脱出来。

他很天真,认为唯有超现实主义者才是能够回应《共产党宣言》所提出的种种要求的知识分子:"他们最早摆脱被自由的人道主义者和说教的道学家看重的冰冷理想。"但是,多疑而阴郁的他又下结论道,"一个接着一个,他们彼此交换手势,为一个每分钟响六十秒的闹钟钟盘"。

1922 年,在为他始终没有面世的新杂志《新天使》[41] 所写的通告中,他宣告:"宏大批评的任务,既不是通过历史陈述来教育人,也不是通过比较来塑造精神,而是要通过深入作品来抵达认识。"后来,在写于 1938 年的关于波德莱尔的断章中,他又提出了一种截然相反的观点:"没有一种关于波德莱尔的深入研究,是不能以他生命的形象来衡量的。"

重大的矛盾与转折,之后,几乎到他去世为止,他一直都在写一些奇怪的断章。这一切开始于对诗人作品的翻译,之后,才自我肯定为一幅"资本主义顶峰"的绘画——其实,"顶峰"一词尤为不当。但是,在这两种方法——对作品的严格阅读或传记式阅读——之间的摇摆不定中,时间匆匆流逝了。法西斯主义的胜利把个人消灭在了大众之中。主体性被禁绝。本雅明像是把自己从文学史中流放出来,从而转向了大写的历史——宏大的历史,政治与社会史——却又并不完全彻底脱离它的存在主义维度。他写的关于波德莱尔的断章很像是一种自画像。

　　说到波德莱尔，本雅明引用了他的一位女性朋友阿德丽安娜·莫尼埃[42]的话。这位巴黎书商注意到了波德莱尔作品中别具法国味道的东西：愤怒。她把波德莱尔定义为"反叛者"，把他与雷翁-保尔·法尔格[43]进行比较，"狂热，叛逆，反抗他自身的无能，谁又知道还会有什么呢"。她还观察到，女人们都不怎么喜欢他，他的读者大都是男性，对于他们，"他体现并超越了他们生命冲动中低级趣味的那一面"。

她也提到了塞利纳[44]，并把塞利纳高卢式的放肆粗俗定义为"一种法兰西性格的特征"。

这都是很聪敏的看法，而注意到这些看法的本雅明也确实足够聪敏。

阿德丽安娜·莫尼埃还认为，波德莱尔有某种"挑衅者的形而上学"，随之而来的是"对玩笑的崇拜"，而这一崇拜，则是法西斯主义宣传中的一种最基本的表达方式。

在《波德莱尔笔下的第二帝国时代的巴黎》中，本雅明提到了《为了一场屠杀的零碎小事》，塞利纳的言辞激烈的反犹主义小册子[45]。本雅明并不愤怒。他没有不快。他只是在文中引用了波德莱尔私人日记中的一处隐喻："有组织地灭绝犹太种族的漂亮阴谋。"

然而，本雅明清楚地意识到，反犹主义正在法国知识分子中间广为传播，包括在左派知识分子中间。

　　本雅明对肖勒姆说，塞利纳的欣赏者在读到《为了一场屠杀的零碎小事》的时候会尴尬不安。他们会垂下眼睛，仅仅叹息道："这只不过是一个玩笑。"有一个关于塞利纳的玩笑，说他为了一点钱想强迫犹太人买身份登记簿："要鉴别犹太人、共济会会员、深受犹太人影响者……的身份，这是个问题。我想，把所有行业的人全都编上号，是不是更能解决问题呢？……例如，来一个身份登记号，非常简单……第350号电影导演先生。就不用再加上'犹太人'这个名称，所有人都将明白……"

　　为此，恐怕要开讲一段《笑话的历史》了。

　　本雅明还记得纪尧姆·阿波利奈尔《被杀害的诗人》[46]中的人物克罗尼亚芒塔勒，"旨在从整个地球上彻底灭绝抒情诗人的种族屠杀中的第一个牺牲者"。

　　在写于 1937 年 7 月 2 日的一封信中，他宣告了他的意图："要界定医学虚无主义在文学中的特殊状态：贝恩、塞利纳、荣格[47]。"当真是非凡的直觉啊，假如我们知道医生在最终解决法中将扮演的角色的话。至于塞利纳，本雅明则把他看成这一虚无主义的"过时的代表"。

　　而在写给马克斯·霍克海默[48]的一封信中，本雅明讽刺了塞利纳的小册子所导致的那场论战："您可能已经注意到了纪德[49]与塞利纳在《新法兰西评论》4月号上的争论，如果非得在《为了一场屠杀的零碎小事》中看到别的东西，而不仅仅是一种游戏，那么，塞利纳尽管才华出众，恐怕还是会以那种犬儒主义，那种轻松的放肆，无可推诿地搅动种种平庸的激情。'平庸'一词相当准确。塞利纳作品中的缺乏严肃性也震撼了我，您将会记起这一点。此外，道德家纪德看到的只是作品的意图，而不是其后果。莫非同时隐藏在他身心中的那个撒旦对此没有什么要反对的？"

  1938 年 11 月，也即法国溃败之前的一年半，阿德丽安娜·莫尼埃在她的文章《对反犹主义的反思》中写道："我爱德国人民，他们勇敢，善良，对使命的专注令人叹为观止，仿佛他们始终得到一大群亲切的精灵的帮助。德意志式的礼貌，有时候会让我们觉得过于刻板，显示出对人的一种尊重，我常常更喜欢这样的认真与感人，远胜过我们的那种放荡不羁。"

　　她本没有什么反犹主义的嫌疑，却提出了这样一个很不适当的主张："最近几年，在最初的几波移民潮中，我们在法国可能吸纳了数量过于巨大的外国犹太人，而且，做得很无章法，几乎不加区分。但我们只需表现出有条理、有区别就可以了。这是值得一做的。为了所有那些尚不明确的价值因素，我们难道不是可以创立一些劳动营？甚至，我们的军队说不定还可以在那里找到兵源的补充呢！"

　　在"卡塔尼亚号"上，本雅明跟船长以及船员们进行了不少谈话。他对轮船的种种细节都饶有兴趣，包括轮船的购买价、大小、吨位、货物运载价格、码头对接的价格、所有人的薪酬、各人不同性质的任务，从最简单的实习水手一直到最高的指挥者船长。

　　他决定在他的本子上记录下船员们讲给他听的艰难生活的故事。在这些人的身边，他承认自己感受到了一种亲密的兄弟情谊："这些人是我唯一能够对话的对象。他们都没有什么文化，但他们并非没有评判的自由。"

　　船长也黏上了他，对他的文学活动有一点兴趣——因为十多年里，本雅明在写某一种文学作品。在二十岁的时候，他就宣布说："今天下午，我以一个短篇小说开始了我的作家生涯，它有一个引人入胜的标题：'父亲之死'。"

　　后来，他对胡戈·冯·霍夫曼斯塔尔[50]透露说："我寻求弄明白'讲故事的艺术为什么在走向死亡'，就是说，口头叙述的艺术为何在走向死亡。"

　　在第二次搭乘"卡塔尼亚号"的旅行中，他更认真地倾听船长和船员们的故事。他想好好地收集他们的奇闻趣事，那些海上生活的悲剧和小小喜剧，在他的眼中，这一切构成了史诗的素材，一种从年岁的深底涌出的讲述的艺术，从某种意义上说，已经扭曲成了小说化的形式。

　　就这样，本雅明又一次沉浸于他的将小说家与叙述者对立的"旧癖好"中——当然，带着一种对叙述者的偏爱。

于他而言，旅行变成了对时间、对历史进行反思的理由。在与一个冰岛舵手交谈时，他注意到，对话展开得"很慢，像是一根点燃的灯芯，在消耗自身的同时，不停地走向一种历险，一个故事"。在地图室里，喝上一杯咖啡或者可可之前，听取这一生命的种种片段，实在是"缩短夜晚的最佳方式"。

说到同一个男人："那个星期里，夜晚都是那么的昏暗，我们彼此看得都模糊不清，故事的轮廓也显得模糊不清，就跟那些在夜间与我们的船交错而过的船一样。"

　　这些航海故事促使他深思叙述的命运。旅行，由种种微不足道的事件和东拉西扯的回忆所构成，它本身的展开犹如一段叙事，一个有待讲述的故事。而这由人们口口相传的叙事，他把它跟小说对立起来看待，至于小说，则是书写下来，让人在孤独中阅读的——小说家和读者，各自为自己。

　　本雅明毫不怀疑地认为，如果说绝大多数的人受到压迫，那么，叙事也是一样。因此，他是作为马克思主义者在批评当代小说。

　　在 1930 年发表的《小说的危机》一文中，他宣称："小说的诞生地就是处于孤独中的个体。"证据，是安德烈·马尔罗的小说《人类的境况》[51] 中的人物。他们很像无产阶级，实际上并不是：他们的阶级意识在他们唯一的孤独意识面前被抹掉了。本雅明认为："事实上，在我们所有人的生存中，对小说的阅读在无耻地增长，而没有什么比阅读更能让人陷入危险的沉默，没有什么比阅读更能从根本上扼杀叙事精神。"

　　他的儿子斯特凡在八岁时写了一部连载小说，每到晚上和早上都拿出来，作为父亲的他将之命名为《观点与想法》。"小说"是由文字与图画共同构成的。

　　孩子提醒他的读者说："你们很清楚，我们可以把这个叫作小说。"

　　1932 年，他又一次质疑自己道："讲故事的艺术为什么日益消逝？当我面对一桌子食客，百无聊赖地消磨那些夜晚时，我常常这样问自己。"

　　这天下午，站立在轮船的甲板上，他几乎就快有答案。他回忆起在船长身边度过的无穷无尽的时光、在平台上的来回踱步、在海面地平线上飘移的目光。突然，他明白："从不厌烦的人，恐怕永远都成不了讲故事的人。但是，厌烦在这世界上没有了位置。跟厌烦隐秘而紧密相连的活动，都早已被废弃。"

　　"卡塔尼亚号"停靠在阿利坎特[52]，他无事可做，就又一次听船长讲一个新故事，面对着不知道是第几瓶红酒。

　　本雅明并不掩饰他的野心，他要"在一般性的小说之上讲出各种基本的东西"。叙述艺术始终让他着迷。他想要讲一个"被各种各样的梦想所打断的很长的故事"……

关于冒险的故事、关于信任的故事、谣言、胡言乱语：话语在沉默中寻找自己的道路，第一次世界大战中那些九死一生的人的同一种沉默："那时人们都发现他们从战场回来后就变得沉默了。在可交流的经验方面，他们不是更富有了，而是更穷困了。"

1933 年春天，在伊比萨岛，他收到马克斯·霍克海默寄来的一箱法语小说。六个月期间，他没有别的藏书，也没有其他资料，"几乎没有任何文学作品"，他为社会研究所撰写了一篇文章，题目就叫《法国作家当今的社会地位》。

这篇文章，他自己都觉得该批评，他也向肖勒姆承认，"相当一部分是纯粹的江湖骗术"，应该会向其赞助者展现出一副"几乎魔法化的面貌"。讥讽吗？也是，也不是：本雅明的直觉与官方批评家的苍白形成了鲜明的对比，比如说，当他把左拉与塞利纳对照的时候。在阅读《茫茫长夜漫游》时，他区分了大众化小说与民粹主义小说。他提醒人们说，小说的主人公费迪南·巴尔达缪是一个流氓，一个失去了根基的人，从前线负伤回来之后，先是发现了殖民化的非洲，接着发现了工业化的美国。但是，本雅明与这一"单调的"再现作对，在他看来，在这一再现中，占主导地位的只是忧伤与悲痛。

塞利纳"无法说清楚是什么力量塑造了这些被排斥者的生存，他更没能够显示出一种反动力可以在哪里触发"；而左拉则善于描绘出他那个时代的法国，他自有理由来反对那样的一个法国。

本雅明一锤定音："如果今天的法国小说家无法描绘同时代的法国，那是因为他们终于打算接受法国的一切了。"

作为道德家，他给出了致命一击："作者越是平庸，就越是感受到那种欲望，要以'小说家'的身份来逃避作为作家的真正责任。"

　　同一年，他写了《经验与贫穷》，在这篇简短的文章中，他用强咽的啜泣、苦涩的警句来打碎句子的结构。他写给那个从 1933 年 1 月 30 日之后[53] 就迷失的人，那个"如新生儿一般在那个时代肮脏的褓褓中啼哭"的赤裸的人。

　　这篇文章如同一个预兆，至今仍然引起反响："乞丐，就是我们变成的样子。一件又一件的，我们把人道主义的遗产抛得干干净净，我们本该把这珍宝留在当铺中，以其百分之一的价值换一点小钱。经济危机就虎视眈眈地等在门口，而隐藏在它后面的是一个巨大的阴影，是酝酿中的战争。"

　　整整七年，从 1933 年到 1940 年，他将在法国、西班牙、丹麦和意大利游荡。他那碎片化的生活就像他那既掩盖他、也揭露他的碎片化的写作。小故事、笔记、随笔、闪光的理论：它们最终构成一种传奇般的存在主义作品，一部思想与悖论的小说。

　　1931 年 6 月 21 日，在马赛通往巴黎的路途上，他写了一篇日记形式的短文。文章谈及居住方式、住旅馆等问题。

　　然后，他写下这样的词语："如小说一般的人生观。"

事物之风

　　我很喜欢那些荒凉的山区旅店，当所有的旺季死去，只剩下一个永无止境的淡季，以及那些寒冷的夜晚，只剩下一些无所事事心不在焉的侍者，因无事可做而万分疲惫，于是就过来跟我亲切交谈，对我说着生活的麻木。他们把人都看作顾客，而我，是他们见证的沉船遇难者。他们都赶来救我：芦笋、薄片小牛肉、奶油烤菜、伊泊斯干酪、巧克力酱浇梨。

　　在餐桌上，我等着时间的终结，或者，至少也是晚餐的终结。我把一句句话捡拾到我那脏兮兮的小本子中。词语的沐浴，所有那些抚摩着我脑袋的平庸的词。必须从空无，从最贫困的话语开始谈起。必须用湿柴来生火。正是在种种老生常谈之中，微弱的火焰跳跃起来。它很不稳定，请保护好它，把它囚禁在灯罩中，它将走向大地的深处，那里有着世界之眼。

　　巴黎。在早上臭烘烘的地铁车厢中，过来了一个又高又瘦的金发女郎，很年轻，很漂亮，在向上翘起的又黑又长的睫毛底下，是一双半透明的大眼睛。一个生来就是让人寻找褒义形容词的美貌姑娘。她坐在我对面，双脚向后缩起，陷入沉思，就像是一个个子太高的布娃娃。她的美丽包裹了整个车厢，车厢中鸦雀无声。

　　过了好几站：棉絮般的细丝，然后，则是长段长段的炭黑。好一段鼹鼠窝一般的隧道。最终，她站了起来，摇晃了一下她的胯，离开了车厢。在长座椅她坐过的位子上：一大摊尿迹。"她尿尿了！她尿尿了！"我身边的悍妇叫嚷起来。

　　是的，她尿尿了，她的尿现在滴到了地面上。闪闪发亮。

"在那里，发生了最火热的事……"

　　风卷走了大海的呛人气味。大海是一种纪念，一个伴侣，一个杀手。海浪，就像闪闪发光的手指头，紧紧抓住被卵石吞噬的沙子。这努力始终不停。

　　昨天晚上，大海接纳了两个冒冒失失的人，一对恋人，坐在岩礁上，面对黄昏的美景。大海把他们吞进涌浪的咆哮中。那男子侥幸活了下来，获救时惊魂未定，那女子的尸体直到深夜才被捞起。

　　那个永恒的问题又一次重新提出：我们到底是去偏爱死的灾祸，还是更该接受幸存的耻辱？

今天早上，大海平静餍足。只有一点点涎水，用来温柔地舔舐着海滩。天低云暗。我决定严肃地开始着手这一篇《宣言》，当我觉得开心时，我就写下来，画下来。我还决定，要阅读各种不同的巨著，或者不如说是重读它们，不管它们是不是当代的作品。阅读，并经历。说一说我所阅读的，我所经历的，为什么，怎么做。

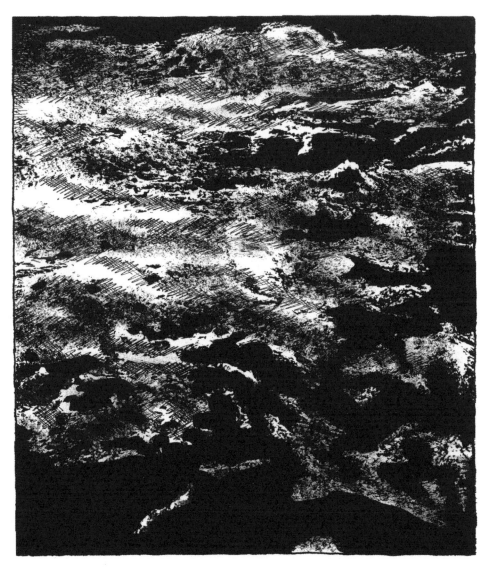

　　我坐在一把椅子上，面对光芒熄灭的大海。几米之外，在另一把椅子上，坐着一个四十来岁的意大利人，他穿着黑色的牛仔裤，深色的海员上衣，脸被寒冬揉得皱巴巴的，他有点胖，不修边幅，下巴上的胡子有六天没刮了。他摊开一本《景观社会》[54]，读了几行，然后，痛苦地，转过头去，眺望着地平线。他瞧了瞧我。我也瞧了瞧他，说："直接经历过的那一切，都在一种再现之中远去了。"这话没有错。

　　他起身走开，他的身影隐没在海边嘈杂的人群中。

　　海浪有脑袋有身体。脑袋上长发飘飘，身体伸出四肢，蓝色的腿脚，黑色的
胳膊，几近透明。千万具身躯结集成群，垂死的白色头颅一望无际。喧嚣闹腾。
对着卧躺在地平线上沐浴的天空发出呼吁。大海。大海是简单的，它冲向沙滩，
冲上来，然后又退回去。天空是简单的，它铺展开来，又泛起皱纹。人和狗在苍
白的沙滩上，就像深灰色的字母 i 和 n，在风的尘埃中闪烁不已。

我渴望像人们坚持写日记那样写作，但我不是每天都写，而且大多在夜里写，在万籁俱寂之时。

我渴望在纸上呻吟：白天的重负，人群，喧哗，在衣衫交错时形成的气流中消散的虚荣。还有哭泣，哭我忧伤的深井，只因我就在那井底，躺在我冰冷的卧室中，在我流淌着书本、纸张、破衣烂衫的洞穴中。

明天，不久之后，又一天。实际上，我并不知道我是不是喜欢呼吸往昔的时光，感觉它流动在我之中，而我也流动在它之中——这样一种肉博的关系，在我挂在衣架上的湿漉漉的存在与这不可信的持续时间之间，这样一种无止境的下坠，在一个开端与一个终结之间。但，那是什么的开端？又会在哪里结束？

当然，我们以秒针的跳动、以时钟的敲响来计数时间；我们秘密策划我们的时间表，我们的白昼与黑夜，我们的年月与世纪，为的是不再直面邪恶的时间，那由神创造出来的将我们打败的时间。这个兄长。这个孩子。这个严厉的父亲。我们徒劳地扼杀谜团，它们一再返回到我们的床底下。在拂晓时分，我们幽灵的幽灵无所不在，永远那么熟悉，永远充满敌意。

一切都只是谜团，滚滚而落的问题，麻木不仁的回答。

在我房间可怖的寂静中，这四壁叹息的书墙，这偷偷拉上的蓝色窗帘，我因谜团而爆裂，我在谜团之中剖开自己。然后，我平静下来。事物、存在、梦幻之间的不一致性都在安慰我，鼓舞我。这难以捉摸的抛弃与破败感使我活了下来。我心中的所有抱怨都变得苍白了。我没有权利哭诉，没有权利死去。白日临近，黑夜的一点点谜团也离去了。我寻找睡意，睡意也寻找着我：我们两者中，谁将占上风？我将踏着谜团的足迹返回，回到这死去与活着的权利与义务的悖论中，回到回答我们蠢行的愚蠢问题上，只是为了再次质疑它。

在边境，海关的巡逻犬登上了火车。可怜的畜生啊，它们就要去嗅一个或许是吸毒者的屁股。突然出现的海关人员，满口都是一种古老的关于镇压的词语——既然今天的镇压已经改头换面。关于海关人员，还真有话可说，说说他的使命，他的冲动，他借此获得了他人秘密的那个秘密。他那些倒背如流的问题，他那些始终不得满足的猜疑。一些身上散发出战争味道的人物。在一些边境车站，有人被捕，有人被询问，然后，被驱逐。焦虑是闻得到的。

海关官员是铁丝网铁丝的一端。没有这一端，没有这螺旋形的倒扭的一端，也就没有铁丝网。一切都互相支撑，一切都构成这个将我们连接起来的巨大物体的躯体。海关官员就在我们体内，是我们宽阔黑暗的残渣。每个非人类的存在都是我们人类之躯的鲜活肌体的一部分。我们没有价值，因为我们本身一文不值。我们的语言都是徒劳。正因如此，我们说得太多了。

我急于回到巴黎，回到它的神经质，它的喧闹，它的虚荣中。我出生在这里，在郊区。我的父母生活在玻利瓦尔大道上的一栋房子里。在我生命的最初，我呼吸着那种糟糕的空气，现在依然还在呼吸着它。我出生在这里，生来就是外乡人，阿尔萨斯人，带有一点波兰血统，我无忧无虑地置身于我的同类当中，始终是一个外乡人。在巴黎，已经不再有巴黎人了。尽是一些外省人、一些游客。这是它整个的魅力所在。

我是 22 点整到达巴黎的里昂车站的，22 点 30 分，我就已走进了利普餐馆，朱迪特和帕威尔正在那里等着我，面前的桌子上放着大瓶的波尔多红酒。

帕威尔在餐桌上总是这般出格。作为雕刻家，他雕刻他的菜肴，用的是肉酱、砂锅、蛋黄酱芹菜，假如可能的话，还用动物的下水——肠、腰子、肝、耳朵、尾巴、睾丸、脊髓，但尤其注意的是，永远都不要把肉食与蔬菜混在一起！胡萝卜牛肉，首先是牛肉，然后才是胡萝卜。

我想到了克拉拉常说的"哭断悲肠"，她说得那么的滑稽，带着她的捷克口音，几乎发不好 r 这个小舌音。

　　希克利，西西里南部的一个小镇。在老阿尔卡特拉斯的大厅中的一个台式足球游戏机，台式足球，这种游戏已经很少见了。几公里之外，就是四月荒凉的海滩，在明媚的阳光下，几乎一片白色。

　　古代的西西里在这里依然存在，或多或少，一点点，那些长椅上坐着戴鸭舌帽的老人，他们见面时还会彼此热烈地拥抱。他们属于另外一个年代，这些上了年纪的男人。那么女人们呢？她们躲在厨房里。一座小城，有巴洛克风格外表的建筑，悬崖峭壁之间有狭窄的小巷。没有游客。

　　堂娜卢卡塔村[55]就在海边，只有一些居民，没有任何别的人。满满一屋的鱼、墨鱼、乌贼、章鱼，像是一堆堆湿漉漉的肌肉，在笼箱中扭动不已。在别处，在锡拉库萨、拉古萨，则有着高速公路，普通公路，还有四周蜿蜒的谷地，对于外面的那一切，这一静止的世界早已不复存在。结束了。那么，还能做什么呢？——什么都没有。封闭在它的蛤蜊壳里。

　　出海之前，在拉古萨–伊布拉一家空荡荡的小饭馆吃午餐，然后，晚餐也是在同一家空荡荡的小饭馆吃的。我说空荡荡，是真的空荡荡。从 20 点到午夜，仅有的几个吃饭的人，就是主厨兼老板自己，他那当侍者的儿子，还有他们家一个流着鼻涕的小孩，再有就是帮厨的了。

　　正是在什么都没发生的时候，事情发生了。

　　在这里，人们都抽烟。就像在西西里的其他地方。他们抽烟，但不喝酒。他们吃饭，恰如他们祈祷，他们看电视，一句话都不说，把电视的声音调到最大，在屋顶底下回响。不用支票，不用信用卡，都是现金支付，现金落入老板屁股后的兜里。金钱在手指头之间彼此碰触，彼此抚摸，彼此摩擦，彼此洗刷。金钱有一种气味：金钱的气味。

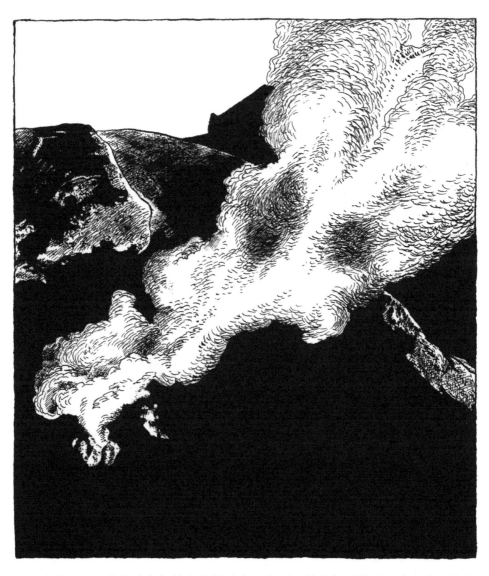

　　在这里，一座座城市都躺在埃特纳火山脚下，苦难似乎就是天意。眼下这个季节，在偏僻国度的这个起点，除了遗迹之外，就没有任何东西值得一看了。古老的镇子自有特别的花园，一座座密集的房屋之间，有几个逼仄的广场，狭窄的小巷就像一排排牙齿围绕着一座教堂或者一个礼拜堂，那都是 1693 年 1 月 11 日地震后的建筑。巴洛克风格的，sempre barocco。[56]

　　而拉古萨新城，就实在没有什么可提供给游客的目光了。不过，话又说回来，这里也没有什么游客。世界的整个丑陋似乎都约好集中在了这一大块岩石上了。但是，我们对丑陋又能做什么呢？

　　诺托——又是一个地震之后重建的城镇。巴洛克风格更为鲜明。是一种威武的巴洛克，集中在主干道上。人们费劲地演出喜剧，因为，布景苦苦地撑着扮演起主要角色，尤其是黑夜，全靠了那些照明设计师的才华。

　　宽大的砌石铺成路面的大街，那是属于年轻人的。一身黑衣包裹得严严实实的修女嬷嬷，街边长椅上呆坐的老人，这些形象都已成为过去。小伙子们把头发塑成鸡冠的样子，姑娘们穿戴成妓女的模样，裙子短得露出了屁股，涂着睫毛膏。男男女女，所有人都拿着一部手机，像猫一样喵喵地尖叫，男的发出一种尖利的嗓音，女的则嗓门沙哑有力。

　　在餐馆中，年老的名流满嘴食物，等待着世界的末日，而他们的孩子则会聚集在快餐店里，然后出发，去别处讨生活，尽可能地走远。

　　下雨了。四月的雨,滂沱大雨。在暗色大鹅卵石铺成的大广场上,雨滴砸碎在地面上又变成完美的半圆形泡泡,让我纳闷它们究竟是由什么构成的——或许是一种什么泡沫吧?这些微妙的小玩意儿奔跑着滚动在人行道上,然后,重又破碎。在雨水的展现中有着某种戏剧般的东西,更不用说它那长筒鼓一般震耳欲聋的雷响,还有它那舞台幕后一般的雨水味道了。

　　在一个院子里，一个宽敞而又空旷的院子，休息嬉戏的院子，灌木丛发出浴室的气味，那是洗衣粉的气味。哦不！那是橘子花，香气扑鼻的小小白花，几个果子挂在枝头，像是拳头砸在潮湿的空气中。

　　长大和变老，这是不一样的。人们永远可以选择长大与否。但人们不能选择变老或还童。很少有老年人继续长大，他们全都变老。长大，成长，这一切在幼稚的天空下都行不通。

　　诺托的丽都酒店。旅馆朝向四月荒凉的沙滩，建成不到十年，几百个房间，为了大众旅游业而建。无边无际的大堂一直通向露天咖啡座，而露天咖啡座则通向一个花园以及一个空荡荡的游泳池。我从阳台望出去，眺望着海滩，还有岩石上古代的废墟。可以相信，在这些废墟与海边的一家家旅馆之间，什么都没有存在过。在傍晚的寂静中，海岸线一望无际。只有海浪的拍打声传来，还有燕子兴奋不已的尖叫声。三个男孩子甩出他们的钓竿，打破了这凝滞不动的画面。

　　今天早上，有人死了。某个曾经真正存在过的人。通报死讯的是死者的狗。想到他，我哭了整整一个上午，完全不能自已。跟童年时代滚滚热泪一样的长久的眼泪爆发。在旅馆大堂中哭，就在那些爱凑热闹的整天东家长西家短的寄宿者中间。死亡什么都没有教会我们。

　　谈到死亡时，布封用了这样的词语："生命最后的细微差别。"

当一只鸟从翅膀的一次拍动中，从脚爪的一阵抖动中判断出一种优雅时，谁能说，它是在自我欣赏，还是在欣赏同类呢？谁敢断定，在莫拉多克神圣之河的激流中大跳求婚舞蹈的疯狂鱼儿当真是在求婚，谁能说这一舞蹈就真的是一种舞蹈，而不是鱼鳍的一种机械式的加速呢？自然创造的骇人奇迹恰恰就是奇在骇人，因为这些奇迹并不来源于创造。它们本身就存在着。它们或许就存在于永恒中，并且，或许生来就是为永恒而存在的，为什么不呢？

　　人类的创造完全是另一回事。它涌现于我们自身半明半暗的阴影中，在人们在手指之间能闻到的汗水的潮湿中，在我们脏腑之上的扭曲的肌肉之间，这比卵石中的泥还更厚的半明半暗的阴影。人们从气窗潜入，进入这明暗交错的阴影之中。人们在其中徜徉，在其中入土。世界的创造来自大地的深处，跟来自天上的劳作正好相反。人类的创造与辛勤的劳作，与半家务半机械的劳动无关。它既没有重量，也没有尺寸，但它拥有给它的所有时间。所有时间？或许。

　　眼下，它正在延伸开来，有时甚至还十分粗野。一个词驱逐另一个词，一个
形象抹除另一个形象，一种思想让思考停止。

　　人们可以热爱工作，热爱强制性动作的呆板僵硬。人们也可以热爱混沌、迟疑、笨拙、错误。人们可以热爱不选择，或者，甚至，选择不选择。

"坠入风景中的梦幻者"

　　1918 年的大战停战日之后，在战败的德国土地上，法国士兵在人行道上打德国老百姓的耳光，德国人忍气吞声地接受《凡尔赛条约》的羞辱和伤害。法国士兵纵情享乐，尽情地囤积食物、木柴、煤炭。在巴黎，在整个法国，人们纵情歌唱，开怀畅饮，而在被重新划定边境的德国，每个人都试图忘记他们曾经屈从的荒诞战争。失业者、寡妇、儿童、伤残者以及无所事事的士兵涌上了大街，高声叫喊着：任何一个商人，任何一个政客、任何一个军官都再也不能发动一场这样的战争了。德国的革命正在酝酿中。但很快就被粉碎了。

　　1919 年，年轻的恩斯特·托勒尔[57]，出生在普鲁士的犹太裔资产者及和平主义者，参加了巴伐利亚的起义，但随后就不幸被捕入狱。同一年，革命领导人卡尔·李卜克内西和罗莎·卢森堡[58]遭到杀害。柏林起义和慕尼黑议会共和国遭到了血腥镇压。

　　大战中，托勒尔自愿参战，在西线战斗了一年多时间[59]——"这就是战争，在它赤裸裸的暴烈中，威廉二世把它形容为'钢铁之浴'，"德国的教师们说，"它唤醒了人民的道德力量和意识"。

　　托勒尔在《德国青年》一书中——他在 1933 年撰写了序言"他们烧毁了我的书"——讲述了他的参战经过，试图解释希特勒突然的飞黄腾达，同时回顾了1918 和 1919 年间的一些重大历史事件。他的书指责了那些应为革命政权倒台负责的人：共和派、革命派、工会分子、政治家和经济学家，他们全都用希望和承诺来滋养人民的精神思想："这就是德国的革命者，温厚善良，毫无危险意识，他正稳稳地坐在那里算着总账，检查存货，以确认当他们被人枪毙时一切都很正常。"

　　托勒尔对那些为自己创造了无产阶级浪漫传奇形象却最终对他们漠不关心的作家毫不留情。但他也毫不避讳地剖析自己："我们失败了，我们所有人。所有人都犯了错，所有人都有罪，所有人都证实了自己的不足。无论是共产主义者，还是独立的社会主义者。我们的参与、介入是无用的，我们的奉献是徒劳的，劳动者信任我们，而我们现在又该如何担负起对他们的责任来呢？"

　　1933 年，他丧失了公民身份，离开了德国前往伦敦，然后去了纽约。在纽约，1939 年 5 月 22 日，他在旅馆房间里上吊自杀。

正是因为知识分子不善于跟民众说话，才让民众受到法西斯主义的诱惑。他们把自己本该占据的位子让给了那些煽动家和记者。

知识分子只跟知识分子说话，还跟一些让他们感觉似乎有话要说的政客说话。但民众根本就不关心这些人的异想天开。民众是一种隐晦不明的存在，是聋的，只按照自己的节奏跳动，会突然停止，又会爆炸，然后，又回到原先的跳动中。始终是民众在打着拍子。民众：这一无法描述的实体，抵抗着任何一种定义，这些人，在战争时激昂，在和平时垂危，有时候似乎在呼吁真理，甚至还体现为"群众的智慧"，而后又为最低劣的家伙欢呼。民众是不可理解的。但我们都是民众，而同时，民众又不是我们。民众是一个陌生的躯体。知识分子并不是民众的一部分，既然他们是知识分子。他们并不是民众中的精英，因为他们并不统治民众，也不影响民众。那么，民众究竟是谁？

民众不喜欢土豆，因为，据说土豆带来了麻风病。必须让法国国王本人在他的王冠上佩戴一朵白色土豆花，才能让民众最终同意吃土豆[60]。

德国民众爱阿道夫·希特勒，那是一种真诚的不可抗拒的爱。意大利民众爱贝尼托·墨索里尼，以同样的爱。民众懂得爱自己的暴君，并让他们自己也变成暴君一般。炫耀自己属于民众的知识分子也想成为跟民众一样的暴君。他们随时准备跟第一个来到的暴君合作。

谁知道是不是会有那么一天，一个千年帝国会再度降临，在柏林或者在别的地方，而人们则会呼求一种新的疯狂？世界上所有的知识分子可能都会伸出援助之手，他们一点儿也不会改变任何什么。甚至连为法西斯主义服务的知识分子也没有一点儿用处，人们从来就没有用词语杀死过任何人。

瓦尔特·本雅明做出了一个很感人的举动：1936年，他用戴特来夫·霍尔兹的笔名，在瑞士出版了二十五封来自德国的信件，在他眼中，这些信召唤了真正的日耳曼文化。这本书名为《德国人》。他想借助于通信人高质量的语言与情感，挽救他那正在迅速走向毁灭的国家的精神。

阿多诺[61]在该书的跋文中说："这本书通畅无阻地来到了德国，但在那里并没有产生政治上的任何效果。阅读这类文学的人多少都成了政权的敌对者，而要增加其人数并不是一件容易完成的任务。本雅明就跟我们这些移民一样有一种错觉，以为智力与计谋会战胜一种不给人的精神任何自主权的权力，把这种权力看作一种无须害怕对抗的手段。精神是难以想象自己会被毁灭的。"

还有比让别人劳作的人更糟糕的人：那个嘴上说着劳动者的解放，实际上却对劳动、对"异化"（那是从马克思开始的众多人类拯救者大谈特谈的著名理论）没有任何意识的人。然而，马克思曾经亲自接触工人，在许多个晚上，他曾竭力融入劳动者的圈子。然后，他为他写下的每一句话付出了屁股生疮的痛苦代价。"无论会发生什么，只要资产阶级还存活下去，它就将回想起我的那些疖子。"

瓦尔特·本雅明从来就没有用双手劳动过。他就是"资产阶级好家庭的孩子"的典型，爱上了工人阶级。更有甚者：他认为，他自己的解放只有通过无产阶级的解放才能最终实现。但本雅明一点都不了解无产者。他说的尽是马克思主义知识分子的行话，他通过意识形态上的挑战，通过文字的书写，背叛了他自己的社会阶级。正是作为作家，他给资产阶级的思想——他自己那个阶级的思想——下了判决。但他是从哪里说起的呢？

他既不富有也不贫穷，尽管他持续地生活在失去经济收入的忧虑中。他跟家庭闹翻，跟军事机构以及大学系统决裂。他在某种程度上是一个拿羽毛笔的雇佣兵，靠做翻译以及为报纸供稿为生。他同样也以图书买卖为生计，因为他是个书虫——这可爱的恶癖，或许来自他的父亲，一个古董商。至于他的钱，都赌光了。

　　当希特勒夺取政权时，本雅明并没有立即看出独裁制度正在准备什么。跟不少知识分子一样，他指望这个政权会迅速垮台。在最初的一段时间，面对种种事件，他表现得几乎泰然自若。但是，局势急转直下，尽管很难得到可信的消息，但在1933年3月，在他看来，"毫无疑问，在很多情况下，有人在深更半夜从被窝中被人拖出家去，遭到虐待或杀害"。

  1928 年，在与安德烈·纪德的一次谈话中，本雅明把后者的思想比作一种堡垒："它们的建筑结构一样难以捉摸，充满了彼此分隔开的壁垒以及有攻击性的碉堡，但首先它具有同堡垒一样严谨的形状，精细的目的性结构也是同样完美。"难道它是镜中的肖像？

  纪德引用了布甘维尔[62] 的这样一句话："当我们离开这个海岛时，我们就把它叫作救赎岛。"他还补充道，"只有在离开一个事物时，我们才能够命名它"。

  1932 年 4 月 19 日星期二早上。经过整整一夜的航行，专门行驶于巴塞罗那与伊比萨岛之间的"瓦伦西亚号"靠了岸。本雅明走出了三等舱舱房。他慢慢地前行，步履沉重，走向正在码头上等候他的朋友。

  菲利克斯·诺埃格拉特[63]跟他是十五年之前在慕尼黑认识的，在那里，他们跟赖纳·马里亚·里尔克[64]一起听过关于玛雅文明与阿兹特克文明的课程。诺埃格拉特来自柏林，出国流亡到了圣安东尼奥[65]的海湾，离伊比萨岛十五六公里，相伴的是他的第三任妻子，漂亮的玛丽艾塔，还有他的儿子、语文学者汉斯·雅各布和他的儿媳妇。

　　诺埃格拉特是哲学博士，酷爱历史、神学、数学与语言学，他对本雅明充满敬意，而本雅明则毫不犹豫地把他形容为"天才"。当然，他本人也是诺埃格拉特心中的天才。但是，两个天才刚刚凑到一起，就获悉他们上了同一个骗子的当，此人把岛上的一栋房子租给了诺埃格拉特，而自己根本就不是房东，同时他还占据了本雅明在柏林的公寓，但根本就不付租金。除了经济困境，本雅明还为他的手稿担忧，因为在他逃离柏林之后，手稿很可能被那个家伙拿走了。本雅明想返回柏林，又迟疑再三，但纳粹主义狂欢的光景还是绊住了他，使他未能成行。

　　在伊比萨岛，本雅明先是住在诺埃格拉特的房子里。白天，他尝试着逃离混乱与嘈杂，一心想躲藏在"这个地区古老的美与孤独"之中。他六七点钟就起床，去海里沐浴，眺望大海尽头的地平线。然后他就躲进了森林的灌木丛中。他坐在一棵树下，背靠着树干，他阅读，涂鸦，或者晒太阳。漫长的白日就这样缓缓过去，几乎就没有任何事发生："电灯光与黄油，烈酒与自来水，调情与读报。"

　　大约下午 2 点钟，他返回东道主家中午餐，玩一会儿纸牌和多米诺骨牌，然后前往咖啡店，一直就在那里。晚上 9 点，最晚 10 点半，他才回到他的房间——他跟"三百只苍蝇"一起分享的房间——沉浸到一本书中。

　　他读什么书？比如说，托洛茨基的自传——这会让他读得紧张到屏住呼吸，大气都不敢出。

　　后来，他搬出去独自住进了一栋小房子，一日三餐花 1.8 马克吃当地菜。

　　伊比萨岛——也叫伊维萨岛——是西班牙巴利阿里群岛的一个岛，它还是一种活生生的古代生活的未受丝毫损坏的见证，没有废墟，也没有遗迹。它是迦太基与摩尔人的女儿，它长久地保留了腓尼基、罗马和阿拉伯文化的遗产，尽管西班牙文化占了主导地位。它是整个群岛中最非洲化的一个岛。在岛上，人们至今仍在制作陶器，制造鸽子女神伊丝塔和公羊神巴力的雕像[66]，恰如两千年前那样。

　　在伊比萨大教堂的大钟上，镌刻有一条铭文：*Ultima multis*——于众多此乃最终[67]。这个警句让本雅明印象深刻。

　　女人的服装为某种带长袖子的胸衣，覆盖一条披肩，一条提花的丝裙子，背部有皱褶，长及脚踝，外面还罩着一条围裙。裙子看起来往往显得过于宽大，那是因为裙底撑着十来层衬裙。

　　阿尔贝·加缪[68]曾经来过这个岛，他写道："如果说，这些地方的言语与在我内心深处的回响是如此合拍，并不是因为它回答了我的问题，而是因为它，这些问题变得不再重要了。"

　　在这个"被遗忘之岛"上，居民们自己设计和建造他们的住房，就像是从一种古代埃及的建筑中遗存下来的"乡间宫殿"。本雅明被这种没有建筑师雕琢痕迹的建筑惊呆了，他对那种朴实无华，对伊比萨人与周围风景之间维持的那种关系赞叹不已。在这些乡间住所中，"墙壁那闪亮的白，即便在阴影中，也还是那么耀眼"。

在主要的房间中，总是摆放着一些简单朴实得让人震惊的椅子："它们有千言万语要说。"

　　被整个欧洲的其他地方所遗忘，在几个世纪中始终不变的伊比萨岛，从三十年代起变成了游客的兴趣中心，同时还是一个避难所。但在 1932 年，这里还没有受到国际商贸以及现代性的侵扰，世界上大行其道的"舒适生活"在这里还不存在。本雅明并没有什么抱怨。眼下，他享受着某种无忧无虑的生活，这种生活尤其得到了壮丽景致的烘托，是他所知道的"最未变质"的生活。

　　农业与畜牧业都停留在原始状态："在岛上，根本不可能找到四头以上的奶牛，因为农民们依然与跟山羊相关的传统经济模式紧密相连；人们也见不到一丝农业机械的影子，田地的灌溉跟几百年之前一样，都是靠骡子拉动的水车来完成……"

　　从他的房间能看到大海，以及一个岩礁丛生的海岛，夜晚，那上面的灯塔亮起，照亮了小岛。"不幸的是，我们可以猜想，一座正在港口旁边兴建的旅馆，将会让这一切逐渐消失。"

　　在最初的小住期间，他跟一个叫奥尔佳·帕莱姆的女子有了联系。他们一起探索这座岛，或步行或坐船，作长长的漫游。但是，从他开口向她求婚的那一刻起，她就离开了他。

　　四个月之后，本雅明再度离岛，途经马略卡岛前往法国。他于 7 月 22 日到达尼斯，下榻在小公园旅馆的客房中。他疲惫至极，或许是被与奥尔佳的分离击垮，突然决定要自杀。他写好了一份遗嘱，给亲朋好友寄去了告别信。但他并没有付诸行动。对此他也没有什么解释。

本雅明现在坚信，纳粹主义的胜利近在眼前，它宣告了一场新的世界战争就将爆发。从 1926 年起，他年轻时代的好友哥舒姆·肖勒姆已经选择了离开德国，前往巴勒斯坦研究犹太神秘主义，然后又去新成立的耶路撒冷大学教授这门课程。他试图说服本雅明去那里找他，但没能成功。肖勒姆建议为本雅明留一席教授职位，但出于各种理由，近二十年，本雅明一直推迟着，不肯移民。不过，他向来深受犹太教学说的启发，非常乐意把一种神秘主义跟他自己的浪漫遗产结合在一起："多亏了纯粹的犹太教天使，我才让我的基督徒波德莱尔升上天堂。"

他不仅在文化同化与犹太教之间犹疑不决，而且在犹太复国主义和马克思主义之间游移不定。必须明确的是，就像汉娜·阿伦特[69]所强调的那样，至少从 19 世纪末以来就愈演愈烈的著名的"犹太问题"，在日耳曼语系的中欧是一个循环反复、无休止的争论。然而，这又是一个停留在知识分子圈子内的争论，因为社会群体中的大多数人对此毫无兴趣。在一些犹太作家笔下，普遍存在着对犹太文化尖锐而具有挑衅性的批判，比如奥托·魏宁格[70]、卡尔·克劳斯、弗兰兹·卡夫卡。

犹太复国主义者知识分子库尔特·布鲁曼菲尔德[71]1912 年发表了一篇论战性文字，论及了犹太人与德国文化的关系。这本小册子题为《犹太–德意志的帕纳斯》，对本雅明产生了很大的影响。在那个年代，犹太复国主义跟共产主义一样，经常成为儿子挑战并反叛父亲的借口。而父亲们，当他们在商业事务中赢得成功，就会想入非非地让儿子去亲近自己祖辈的文化，去亲近《塔木德》[72]或《托拉经》[73]，好让他们"不至于没落到要靠艰辛的劳动谋生"。至少，本雅明与他父亲的关系与卡夫卡作品中的父子关系同样紧张。卡夫卡把犹太人的精神形容为"小气、卑鄙和虚假"，而本雅明只对那些体面的犹太人表示尊重，也就是"那些不挣什么钱的人"。

在他的文章《阿各西劳斯·桑坦德》[74]中，他写道："当我出生时，我父母突然生出我或许可以成为作家的念头。但愿如此，他们这样说，但是，假如并不是所有人立即就注意到我是个犹太人，那可就好了。所以，除了我最常用的那个名字之外，他们还给了我另外两个特别罕见的名字[75]，不会让人一眼就看出来叫这名字的是犹太人……"

两个法西斯主义者

1980 年 8 月 2 日，博洛尼亚。上午，一记爆炸声在博洛尼亚火车站响起。铅弹年代[76]最血腥的一次暴力袭击案发生了:85 人死亡，200 多人受伤[77]。受到谴责的有新法西斯主义活跃分子、秘密武装警察的军官，还有共济会宣传二处的头头里奇奥·杰利[78]。但真正的幕后操纵者永远都不会被正式指控。

12 月。一场灰色的脏雪在洛桑死去，人行道上遍布潮乎乎的水洼，泥水粘在鞋底。马路中央也有水洼，汽车开过时泥水飞溅。夜幕骤降。是喝开胃酒的时刻了。我在街上一通乱走，这让我和菲兹瑞面对面地遇上了。我已经至少十年没有见到他了。我们居然就撞了个满怀，或许，说到底，我们还是彼此喜爱的。这么长时间以来，他都变得如何了呢?

我们决定去喝上一杯。他习惯去伍长酒吧，我还没有去过，那是一家专门为城里头的小小法西斯分子而开的酒吧。"很凑巧，"菲兹瑞说，"我正好跟斯特鲁戴尔有个约会。你还记得斯特鲁戴尔吗?"

是的，我记得斯特鲁戴尔，我和菲兹瑞的同班同学，那是一个寄宿生班级，我只上了不到三个月的课。那里只有被有钱的父母扔下的小孩，当然，还有另一些，像我这样，"学业有很大困难"的孩子。前者都是傲慢的小流氓，没有什么情感可言，是真正的罪犯苗子。斯特鲁戴尔就是一个这样的家伙。他曾被选为班代表。他个头高大，外表英俊，一副美国演员的

121

样子，是个十足的下流坏。老师把我们交给他，刚掉转脚跟要走，斯特鲁戴尔就来了一个纳粹式的敬礼，强迫全班同学也跟着举起手臂来。假如有人抗议，他就会冲上去，用教鞭打他的脑袋。接着，他就走上讲台，在黑板上画了一个大大的纳粹标志。之后，他就坐到教师的位子上，把两脚搁到桌子上。他破口大骂犹太人，甚至还会骂希特勒，骂他没有能力消灭所有的犹太人。斯特鲁戴尔夸口说，若是换了他来，他会做得更好。

有一次，他凶狠地责骂班上唯一的犹太女孩，那是一个黑发棕色皮肤的葡萄牙籍漂亮姑娘，她的父母是萨拉扎 [79] 附近的批发商。她总是习惯于顶撞斯特鲁戴尔，因为斯特鲁戴尔毫不掩饰对她的兴趣。但是，那一次，他使尽全力地打了她一个耳光。她倒在了地上，而他照着她的肋部踢了好几脚。我们好几个人冲上去，才制止了他。这件事传到了校方那里。斯特鲁戴尔被取消了班代表资格，但事情也就到此为止了：因为他的父亲手眼通天。

一个个星期就这样过去了，然后，有一天，斯特鲁戴尔从学校中消失了。当时，我们正在餐厅一如既往地吵闹着，校长走了进来。他让全场安静下来，告诉我们说，斯特鲁戴尔父母的汽车在摩纳哥公路上撞上了一辆大卡车。他们当场死亡。斯特鲁戴尔不会马上回到学校来了。我们静了下来，听到苍蝇在嗡嗡地飞舞。没有人说话，也没有人忧伤。斯特鲁戴尔罪有应得。

对我来说，有很长时间斯特鲁戴尔不曾侮辱我或打我了。我刚来学校的那些日子里，他的确捉弄过我。他和他的伙伴曾把我扔到小便池里，使劲踢我，然后解开裤子的纽扣，尿到我身上。

很快冬天到了，他们脱掉我的衣服，把我赤身裸体地扔在院子里，还用捏得很坚实的雪团砸我。

在食堂，他们轮流在我菜汤中吐口水，然后强迫我喝掉。最后，斯特鲁戴尔还拿走我的餐叉，把中间的两根叉齿折弯，弄成钩状。他给我叉过来一块肉，当我用嘴去够肉块时，他就用餐叉打我的嘴唇和鼻孔。我满嘴是血，学监不得不把我送到医务室。

这就是斯特鲁戴尔，那个小孤儿，而我现在正要去伍长酒吧与他重逢。菲兹瑞和我走在满是脏雪的路上。车灯晃得我们睁不开眼，眼前仿佛一道道由雪花的晕线构成的帘幕，而每一片雪花的飘落，都像是燃烧的流星正划过夜空。菲兹瑞的头发湿透了。他那张被灯光照亮的脸上，显得眼皮似乎被残酷的黑夜染黑了，他的两只眼睛向外突出，嘴被兔子般的大门牙给撑得变了形。他长得干瘦，在那件便衣警察的外套底下显得有些驼背。人们会说他是像个疯子。或许正是因为多年前他曾经那么令我厌恶，才激起了我的好奇。在我一开始来到他的班级时，我成了他的同桌。那时候，在班上，他是唯一没有同桌的学生，而这也是我提防他的一个理由。自然而然地，我们彼此认识了。菲兹瑞是一个南非电梯制造商的儿子。他是在南非种族隔离的制度中长大的。跟他一样，他的全家都是种族主义者，但他们却把他委托给了一个黑人家庭女教师。这个黑人也是他的奶妈。

他不像斯特鲁戴尔那样是个公开的亲纳粹派，也不那么死死地纠缠于犹太人问题，然而他憎恨所有人。他总是毫无征兆地满腔怒火，他那乳黄色的脸颊会瞬间变得通红。他的两只眼球会像玻璃珠子一样在眼眶中滴溜溜地乱转，他的大门牙上会满是唾沫。

老师在把他的作文发还给他之前，会情不自禁地读上几段，全班人哄堂大笑。他的作文中充满了没头没脑的咒骂，夹杂着浮夸的豪言壮语。老师不知该讽刺他还是怜悯他。菲兹瑞会一声不吭地把怒火使劲压下。

除了有一次：他掀起课桌的桌面，把手放在一个装满了某种液体的瓶子上。他拧开瓶盖，倒进某种金属屑，然后又盖上瓶子，里面的东西开始发热。像是一枚小型的自制炸弹。

他高声叫道，假如老师不给他一个满意的分数，他就要把整个教室炸掉。我们纷纷跳将起来，准备夺门而出，但菲兹瑞用一块抹布裹着正在燃烧的瓶子，紧紧地捏在手中，堵住了教室门。混乱之中，万般无奈的老师最后终于劝他冷静下来，示意会给他一个更好的分数的。

菲兹瑞回到他的座位上，打开了瓶子。一团小小的水雾跑了出来。"这是一个玩笑。"他对我们说。

然后，他给了我一个眼神，那是一个令人难以相信的万般迷惘的眼神。菲兹瑞真的有些疯疯癫癫。他被停学了好几天。等回到班上后，他也并没有丝毫好转。

他拥有好几把用铅弹的卡宾枪。他锯短了其中一把的枪管。

有一次，他制作了一枚火箭筒，这玩意儿大得里头足够住得下一只活老鼠。他在小火箭的底部装满了自己研制的某种粉末，然后他就点燃了导火索。幸运的是，我们都躲在一道斜坡的后面，因为火箭当场就在地上炸响了，把那个可怜的小动物炸得粉身碎骨。菲兹瑞气得暴跳如雷。在内心深处，他的心理是很简单的：他喜爱威胁、告发、让人受苦；在他的敌人和他的朋友——假如可以说他还有朋友的话——之间，他是不做任何区别的。至于我，我既不是前者，也不是后者。他就看着办吧。

菲兹瑞很懒，从来就不做作业。他好像什么都不太懂，尽管英语、数学，尤其是化学都还过得去。他最糟糕的是拉丁语。他向我提出要求，想抄我的作业，代价是一把冰糖栗子。但是，后来有一天，他突然闯进我的房间。他的样子从来就没有这么吓人过：细长病态的身影，浅色的眼睛，硬硬的发绺像是额头前的一道道刻痕。只见他手上拿着一把铅弹卡宾枪。他毫不迟疑地冲我的脚下开了火，一边开枪，还一边大喊："跳舞啊，你这个软脚虾，跳舞啊！"他开枪，我就跳脚；他继续开枪，我就继续跳脚。他真的是个疯子。从此，他作弊无须付出任何代价，而这让他得到了很大的满足。

菲兹瑞和斯特鲁戴尔，尽管他们对阿道夫·希特勒和那些看起来像法西斯主义者的人有着一种共同崇拜，但他们却一点儿都不善待彼此。斯特鲁戴尔把菲兹瑞看成一个无法控制的竞争者，菲兹瑞外表上的丑陋和智力上的缺乏让斯特鲁戴尔望而却步。反过来也一样，斯特鲁戴尔的俊朗与口才也令菲兹瑞难以忍受，总是生出念头要把他"清除掉"。菲兹瑞对我吐露过他那令人难以相信的暗杀计划。而我，则努力让他明白，那样一来，警察会立即就怀疑到他的头上。听我这么一说，菲兹瑞就会低下头来，装作一副若有所思的样子，目瞪口呆。

后来，我被学校劝退学。我把菲兹瑞和斯特鲁戴尔忘到了脑后。一直到1980年12月的这一天。

重见菲兹瑞让我惊讶的莫过于这一点：他居然没怎么变。始终都是一副摇摇晃晃的身体，淹没在米色的大衣底下。他那半疯的眼睛始终在他的脸上怒睁着，像是要爆炸。他掉了不少头发。而他的牙齿始终还是那么丑陋，只不过变得更黄了。抽烟的关系吧，或许。他成了建筑师。对一个如此失常的人来说，这是一个多么漂亮的职业啊。但是，这个魔鬼又能建造什么呢？肯定是一些怪东西。话虽如此，他表现得几乎有些和蔼可亲，几乎很热情，几乎很友好，这个老菲兹瑞。他伸过一条胳膊来，搂住我的脖子，就好像我们从来没有分别过似的。于是，我们就这么走着。我们在雪地上缓缓前行。伍长酒吧的玻璃橱窗很像是一家小小的商店：窗帘拉开，灯光柔和。我们走了进去。里面有几个还算很年轻的家伙，留着短发，或剃了光头。只有两三个姑娘，不会再多了。然后，斯特鲁戴尔来了。没什么变化。优雅潇洒，风流倜傥，坏蛋一个。

　　"小娘炮！混蛋，真的是你吗？你剪了头发啦，多久啦！这样很好。"

　　"你呢，还是纳粹吗？"

　　"你对纳粹有什么看法吗？"

　　"当然啦。"

　　"你始终还是那么傻。你什么都没懂。你看到博洛尼亚的事了吗？"

　　"什么，博洛尼亚？"

　　"博洛尼亚！你看到有人给它来的那一下了吗？"

　　"你说的这个'有人'，都是谁啊？"

　　"我们的人呗。"

　　"你这么自豪？"

　　"好开心啊！人们等待的就是这个。那个历史上的软蛋意大利结束了。我再认真地说一次：假如这还不够的话，我们将会给他们来上十个博洛尼亚。"

　　"死了将近一百人，你对此难道没有想过吗？"

　　"必须死上一千人，一万人，那样，他们才会最终明白。"

　　"那么你呢，菲兹瑞，你怎么说？"

　　"太棒了。"

"什么太棒了？"

"这些人干得真漂亮。"

"但是，你跟这里头的事又有什么关系？"

"我们是这个世界的主人！"

听他们讲，安放炸弹的那些家伙当时来到了这里，就离这里不远，或许就在伍长酒吧。不过，他们现在已经离开了意大利。或许，菲兹瑞和斯特鲁戴尔都认识他们呢。他们想象我也是他们这一伙的，因为我的头发很短很短。无论如何，菲兹瑞对博洛尼亚的这个事件什么都不明白。他太疯疯癫癫了，但谁知道呢？大屠杀于他是无关紧要的，在他杂乱无章的脑袋里，这几乎就是世间万物的自然秩序。至于那个爱吹牛的斯特鲁戴尔，我真不知道该作何感想。他判断我，评定我，他吹嘘自己，而他是一个法西斯小集团的积极分子。我对他说，这个事件的幕后操纵者是宣传二处，或许还是意大利的秘密警察。

"共济会的那些人都是娘炮。"

"或许是他们在操纵你们。"

"没有人操纵我们，我们是世界的主人。"

"在课堂上时，你做世界的主人可没有做太长时间。"

我走出门去。雪已经停了。一股冰冷的寒风扫荡了街道。我去了城里，我受够了斯特鲁戴尔，受够了菲兹瑞，然而，我还会再见他们。

一个星期日，我们一起出发去森林打猎，带上了配有瞄准镜的枪。菲兹瑞看来是越来越怪了，他的怪异激怒了斯特鲁戴尔。菲兹瑞像是闻到了一种无时不在、无处不在的气味。

"有一股煤气泄漏的气味，你闻到了吗？"

"我们这是在森林里呢，老兄。"

"我这么告诉你们吧，有人想毒死我们呢！"

说着，他就撒腿飞快地跑开了，一边跑在山岭上，一边还扯开嗓子高声喊叫。"他发疯了，"斯特鲁戴尔叹息道，"这家伙算是彻底疯了。"

回到我们中间后，他就坐在汽车后排上，脑袋向后仰去。他满脸都是汗。他喘不过来气。

几天后，当菲兹瑞跟他的一些建筑师同事巡视一个工地时，他突然大叫起来："瓦斯！瓦斯！有人要用瓦斯毒死我们！"谁都没有办法让他镇定下来。只得叫来一辆救护车，把他送去了医院。精神科医生诊断他是一种妄想型的精神错乱，必须住院治疗。斯特鲁戴尔和我前往诊所探望他。他都认不出我们来了。

从此，我再也没见过他。

我在一家咖啡馆很偶然地遇见了斯特鲁戴尔。他正跟牙医菲斯特在一起喝白葡萄酒，而我跟这位牙医以前见面过。这是一个尖刻的小老头，但是很有教养，有时候也相当古怪离奇。他谁也不爱，对什么都抱怨：对社会的堕落，对白种人的末日。他患上了帕金森症，因此不能再从事原先的职业了。斯特鲁戴尔在他的面前充满了崇敬之情。

我跟他们一起喝了一杯，然后第二杯，然后第三杯。菲斯特已然醉态毕露，他怒斥整个世界。突然，他宣称他将很快告别这一切。

一架直升机将把他放到阿尔卑斯山的一座高峰上，将带着他的全套登山装备，还有他背包中的三瓶白葡萄酒。他将躺在雪地上，喝着他的酒。他将慢慢地醉死在山上。他将在寒冷的黑夜中昏昏地睡去，永远不再醒来。

几天之后，我从报纸上得知，搜救人员在阿尔卑斯山的一个山顶上发现了两具尸体，一具是牙医菲斯特的尸体，另一具则是一个叫斯特鲁戴尔的年轻人的。

1933 年

　　1933 年 2 月 28 日，本雅明写信给哥舒姆·肖勒姆："在我周围，人们面对新政权时的最后一丝平静很快就消散了，人们开始承认，空气不再能让人痛痛快快地呼吸了；外表很自然地失去了意义，因为我们被扼住了咽喉。目前首先要考虑的是经济问题。"

　　在他的好友中，贝尔托特·布莱希特[80]、齐格弗里德·克拉考尔[81]、恩斯特·布洛赫[82]都离开了德国。而恩斯特·舍恩[83]曾经被捕入狱，后又获释。

　　1933 年 4 月 11 日。"马拉加号"轮船驶入了伊比萨港。经过十三个小时乘坐三等舱的航行后，本雅明又一次来到这个岛上。他此行是为了逃避掌权的纳粹势力日益激烈的敌对行动。他把大部分的个人财物都留在了身后，其中，首先是他的藏书。总之，后来他只短暂地回过德国一次。

　　5 月 10 日，在柏林的歌剧院广场，从公共图书馆和书店抢来的成千上万册图书被付之一炬。纵火者除了纳粹积极分子，还有大学教授与大学生。

　　焚书仪式被组织得像是一场大规模的典礼。约瑟夫·戈培尔[84]亲自出席了仪式，并且重申了党的主题，尤其是德国的"净化"这一主题。接下来，又有另一些焚烧活动，发生在不莱梅，在德累斯顿，在法兰克福，在汉诺威，在慕尼黑，在纽伦堡。作品被焚毁的作家有贝尔托特·布莱希特、阿尔弗雷德·德布林[85]、西格蒙德·弗洛伊德、亨利希·曼[86]、卡尔·马克思、库尔特·图霍尔斯基[87]、斯蒂芬·茨威格——当然还有瓦尔特·本雅明。

　　在用红色的哥特体字母印成的海报上，人们能读到："犹太人只能像犹太人一样思考。假如他们用德语写作，那一定是在撒谎。"

　　本雅明讲过一句著名的玩笑话："第三帝国是一列火车，不等所有人都上了车，它是不会启动的。"

　　对于他，1933年1月30日是一个节点，之前和之后截然不同。

　　在圣安东尼奥，就在本雅明来到之前的一个钟头，他上一年住的房子被诺埃格拉特一家租给了别人。他失望至极，因为这使得他很难以低廉的价格租到房子了：这座城市已经屈从于开发商的新狂热以及旅游者的涌入，其中大多数是法国人和德国人。

　　本雅明身无分文，或者说几乎身无分文。最开始的一段时间里，他住在诺埃格拉特家建造的房子里，那是一栋现代建筑，趣味很糟糕，跟伊比萨岛上那些令人赞叹的老房子完全不可同日而语。那些老房子简洁明了，比例匀称，屋里清凉安静，不受外界嘈杂的打扰，那得归功于它们近一米厚的墙壁。

　　在这次漫长的居留期间，他跟哥舒姆·肖勒姆保持定期通信，而且跟葛蕾妲·卡尔普鲁斯开始通信，她后来成为阿多诺夫人[88]。那是一些很私密的通信，真正的文学游戏和调情游戏。

　　她写道："我万分思念你。你感觉到我对你说的话的意思了吗？"

　　她想照顾她的"小戴特来夫"——这来自他的笔名戴特来夫·霍尔兹。她定期地给他寄去"玫瑰色的票子"，就是邮政汇票，没有了它们，他就将无法为生。她猜想到他很孤单，很沮丧，或者身体不佳，她担心他会陷入其中"孤岛精神病"。她带着某种罪恶感自我奉献："我是不是作了什么恶，我是不是表达得不好，或者我不够温柔可亲？"他总是不忘记在每一封信中提出一种而她必定会满足的请求："你让我感到了如此快乐，因为我现在知道了，我为什么应该挣钱：我要把你当作我或许永远都不会有的孩子来收养。"

　　他的四十岁生日快要到了，本雅明委婉地请求他的通信者送给他一件新的上装，借口说，作家皮埃尔·马克·奥尔朗[89]曾宣布过，在这一年纪，"最甜美的喜悦就是能穿上一件让他称心如意的上装"。

　　于是，葛蕾妲给他寄来让人定做一件高级上装所需的钱。

很快地，他跟德语出版界的合作变得艰难了，即便是用笔名来发表作品。纳粹政权控制了各个编辑部。他是一点一滴地在为社会研究所写作，但是，他跟该研究所的主任马克斯·霍克海默的关系常常很难预料，因为，本雅明很难赞同对方的马克思主义信仰——而台奥多尔·阿多诺很大程度上也同样信仰。

马克思主义坚信会有一个无阶级的社会，这无疑是一种武器，大大地鼓励了本雅明背弃他的资产阶级父母。但他的反抗精神却永远得不到满足：成为马克思主义者，他还必须跟马克思主义者争论。

过去有两张脸：一张是战胜者的，它有充分权利在场，另一张是失败者的，并不在我们的视野中。"对历史来说，曾有过一席之地者，便永不会真正消逝。"

只有在现今弥补了过去之创伤的条件下，历史才能以其本来的面貌存在。对历史上牺牲者的不公正必须得到弥补，哪怕"相比于尊重那些得到承认者的记忆来，尊重那些寂寂无名者的记忆是一件更难的事"。

在本雅明看来，在历史的所谓普世性中，缺少了受压迫者的无声宣告。而若不弥补他们过去的苦难，所谓的普世性也就会是一句空话。

哲学家雷耶斯·马特[90]明确指出："假如一种普世性需要以人的苦难作为其社会代价，哪怕只是唯一一个个体的苦难，这样的普世性也没有价值。真正的普世性在于，承认不正义的过去对人类中最微不足道者所犯下的罪恶。"

在马特看来，革命的历史学家或者哲学家的任务，就是要"正视过去，就是要建立出一种记忆的理论，足以让过去各世代的一切诉求都能活生生地保留下来"。本雅明对此补充道："在过去世代人与我们这一世代人之间，存在着一种心照不宣的约定。他们早就在这片土地上等候我们了。"

仅仅为生者的幸福呼吁还远远不够，还必须弥补死者的不幸。

马克思主义在无产阶级的身上看到了革命力量掌舵者的身份。它体现为"历史的主体"，体现了历史的上升力量。本雅明，他为弱者、被遗弃者、牺牲者辩护——他几乎赞同基督的启示："我什么时候软弱，什么时候就刚强了。"[91] 由此，他逆着马克思主义，为一个彻底的乌托邦的发声。

针对英雄式的无产者，他提出了流氓无产者，还有妓女、闲逛者——只看不买的家伙——还有专捡垃圾的拾荒者。他把自己认同为拾荒者，"一大早就怒气冲天，带着酒意，用棍子尖翻动着对话的碎片和话语的烂衫，一边嘟嘟囔囔地抱怨，一边把它们装进小推车，时不时地，还让这些被'人性''内在性''深刻思想'等华丽辞藻祝福过的碎片充满讽刺意味地在晨风中飘舞"。

在 1895 年 7 月 26 日给菲利克斯·奥本海默的一封信中，胡戈·冯·霍夫曼斯塔尔这样写道："我们是生者，也是死者，我们是祖先，也是孩子，我们是最确切意义上的我们的祖先和孩子，我们和他们有同一血肉。因此，凡不在我们身心中的，便绝不会落在我们头上，也不曾存在过。"

　　本雅明以他自己的方式，捡取着思想的废弃物，把它们积累成大量的引语，这就意味着，他不再做繁复的理论书写，而是给予思想一种新的道路，即在碎片的基础上重构思想："我不会窃取任何珍贵的东西，也不会把思维模式占为己有。但是，那些破烂，那些废弃物：我并不想——清点它们，但我会允许它们以唯一可能的方式获得公正：使用它们。"

　　在伊比萨，本雅明避开了如潮水一般涌来的游客。他也不跟伊比萨当地人打交道。孩子们给他起了个外号叫"悲惨者"，口气轻蔑。本雅明倒是尝试着学习西班牙语，而且用上了语言学习的各种不同方法，但毫无成果，这跟他学习法语的情况截然不同，他为写作而学的法语已臻完美。

　　常常，一大清早，他就在伊比萨岛上漫步。有时候独自一人，有时候由诺埃格拉特家的那个年轻的汉斯·雅各布陪同，或者还有一个奇特的同伴：他就是保尔·勒内·高更[92]，也就是著名画家保尔·高更的孙子。

　　保尔·勒内·高更二十二岁——他 1911 年出生在挪威。他住在一个偏僻的山村，远离游客与外国居民，在那里，他尝试绘画与雕刻，嫉妒却又畏惧他祖父的影响。这是个孤独而又不苟言笑的小伙子，话极少。

　　太阳暴晒着他们的脸与背。在"充满了树脂与百里香气味"的空气中，本雅明停下脚步，缓上一口气。他几乎快要窒息了。四十岁的年纪上，他的身体已经垮了。

　　"已经到了这样的时刻，唯有树木似乎还有生命。"

　　两个男人定期进行长距离的"探索之旅"，甚至一天步行十四个小时，或是坐船出海，去捕龙虾。

　　他们穿越岛上光秃秃的荒野，走过丛林间的仙人掌、角豆树、橄榄树、针叶树、百合、夹竹桃、扁桃树——那都是岛上最富饶的物产。

　　本雅明很喜欢品尝扁桃仁，"趁它还是象牙色时，就像山羊奶酪，女人内衣"。

　　他们游遍乡野，穿过森林，登上四面八方都能俯瞰大海的高高山岭，穿越
"耕地的孤独"，走过大片大片的玉米田、番茄园、菜豆地。他们借道于无数的小
路，"几个世纪以来，农民们以及他们的妻儿老小，他们的家畜，就走在这些小路
上，从一块田地走向另一块田地，从一栋房屋走向另一栋房屋，从一片牧场走向
另一片牧场……"有时候，"远远地，在橄榄树和扁桃树之间，会驶过一辆大车，
悄无声息，而当那车轮消失在树叶后面时，几个超自然身材的女人似乎飘浮在那
里……纹丝不动地在那纹丝不动的大地之上"。

　　另一个名人也在岛上生活了多年。那就是拉乌尔·亚历山大·维兰[93]，第一次世界大战前夕，此人在巴黎的新月咖啡馆暗杀了法国社会党的领袖让·饶勒斯。

　　在等待审判时，他一直被监禁，直到战争结束。1919 年，他在爱国主义的火热氛围中接受了判决。他的律师以精神失常为理由为他做了无罪辩护。他最终被释放。

　　之后，他流亡到了伊比萨岛，最终定居在圣文森特村。

　　当地居民都叫他"圣殿疯子"，因为他总是不断地讲述他的宗教幻觉，并对圣女贞德怀有真正的崇拜。他建议要为贞德建造一座圣殿。

　　西班牙战争爆发后不久，1936年9月17日，一些共和派人士在圣文森特的小海湾抓住了他，以弗朗哥军队间谍的罪名处死了他。

　　人们找到他的尸体时，发现"喉咙被割开，胸脯有一个红通通的大洞"。

　　本雅明还经常去见一对法国夫妇——让·塞尔兹和姬野·塞尔兹，还有让的弟弟居伊·塞尔兹，后者在伊比萨镇上开了一间酒吧，叫米格霍恩，在加泰罗尼亚语中是"南风"的意思。

　　但是，在圣安东尼奥，他变得越发愤世嫉俗，或许是因为与诺埃格拉特的妻子以及儿媳妇的相处，他称她们为"两个可怕而又庸俗的女人"，认为她们的谈话"污染"了整座房子。"气氛极其恶劣。"他对葛蕾妲·卡尔普鲁斯吐露道。

　　很快，他和她们拉开距离，住进在一栋正在建造的既没有玻璃也没有水井的房子。

　　他还认识了马克西米连·威尔斯珀尔。这个来自汉堡的年轻德国人是岛上罕见的竟然拥有打字机的外来者。本雅明留用了他一段时间，充当自己的志愿者秘书。他为本雅明打字，包括那些用笔名写下的论文和文章。

　　威尔斯珀尔定期邀请本雅明去他家吃饭，同去的还有他的朋友，都是一些二十五岁以下的年轻德国人。

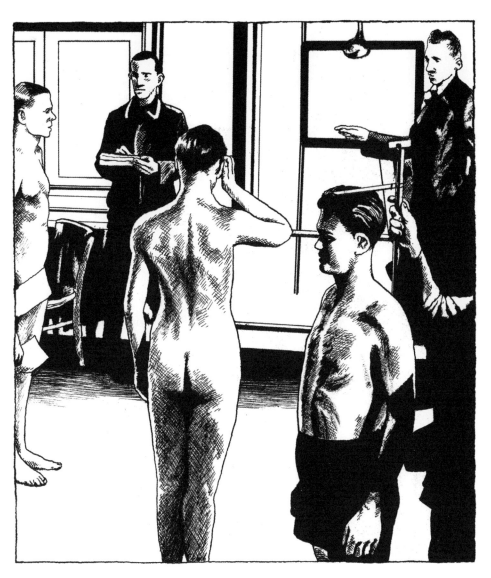

　　后来，马克西米连·威尔斯珀尔离开海岛，去了汉堡，在那里，他被任命为党卫军某个分队的头头。

在对本雅明的描述中，让·塞尔兹谈到了他那"总体来说相当日耳曼化"的沉重感，而这一点跟他精神的轻盈形成鲜明对照："这是一个彻头彻尾的纯粹知识分子的典型。假如有什么事情令他为难，例如，有某个他很不喜欢的人到他跟前，那他就会立即涨红了脸，像一个密封的大圆球那样待在他的椅子上，像一只刺猬，那时候，没有什么能让他从沉默中走出来。"

本雅明思索的时候，总是用手摸着下巴，除非当时他正在抽烟斗。那些年轻的德国人给他起了个外号叫"嗯，嗯！"，因为，每次他行走时陷入沉思，就会停下步子，说一声："嗯，嗯！"

他最喜欢的是构建种种理论，而这让塞尔兹颇为不快，因为他总觉得这些理论根本就站不住脚，本雅明只是在他身上进行测试。

一天晚上，当塞尔兹生火的时候，面对着熊熊燃烧的木柴与红红的炭火，本雅明对他说："您工作起来像一个小说家，"然后又说，"没有什么比燃烧的柴火更像一本小说的了。所有这些细致的构造，一块接一块，一块支撑另一块，形成一种完美的平衡，它这样用来做什么呢？用来走向毁灭。小说也是如此。一部小说中的所有人物也是一个一个地互相支撑着，维持在一种完美的平衡中，而小说的真正目的，就是把他们全都毁掉。"

8月份，本雅明遇到了荷兰女画家托艾特·布劳波特·腾·卡特[94]。她已婚，三十岁，而他四十岁。本雅明疯狂地爱上了她。"你具备我此生在任何时间所爱上的女人的一切：不是你所拥有的某一种，而是你本来就是的那个人。从你脸上的线条中，散发出能让女人成为一个保护者、一个母亲、一个婊子的一切。"

他们的关系只维持了很短的一段时期。她离开了小岛，1934年2月在巴黎，他们最后一次见面。接下来的七年，本雅明跟知识分子阶层的一些女性都只维持了朋友关系：阿德丽安娜·莫尼埃、吉赛尔·弗伦德[95]、汉娜·阿伦特、葛蕾黛尔·阿多诺[96]。爱情彻底离开了他。

面对他的不幸，他做出与贝尔托特·布莱希特一样的决定："只有以多种多样的痛才能超越那必然的痛。"

　　如果说还有什么事情能让他心情愉快，那就是新咖啡馆、新酒吧的开张。它
们充当了他的工作室。他也很愿意去随便喝上一杯：茴香酒、朗姆酒、西班牙葡
萄酒。咖啡馆，它们是"一种命定的、日常的需要"——一种"邪恶"。

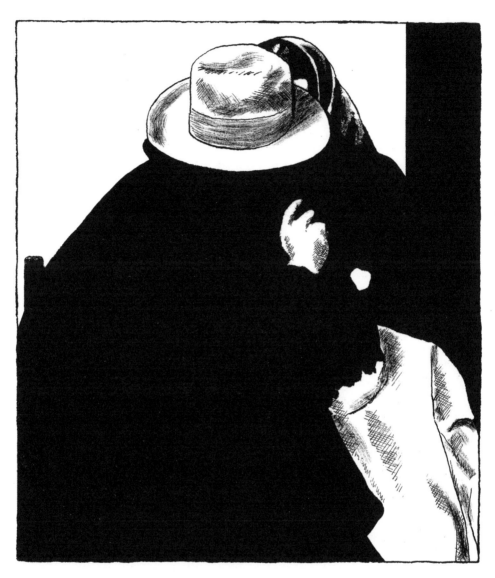

　　对一家柏林的咖啡馆，他回想起的是半空的大厅，以及那些似乎将其据为己有的妓女。咖啡馆——他必须驯服它们。为什么呢？为了等待，在灵魂的最深处品味等待，一边等待，一边抽上一支烟，喝空一杯酒，读上一份报纸，在一个笔记本上乱涂乱写。

　　根据塞尔兹的说法，本雅明在饮酒方面还算节制。一天晚上，这两个男人一起走进米格霍恩酒吧。本雅明点了一杯"黑色鸡尾酒"。一个波兰女顾客待在吧台前。她点了两大杯酒精度高达 74% 的金酒，然后一饮而尽。

　　"我跟您打赌，您根本就喝不了这么多！"她大声说道。

　　本雅明接受了挑战。他拿起第一杯金酒，喝了下去，然后走路就摇摇晃晃了，最终倒在了人行道上。塞尔兹艰难地把他扶起来。本雅明想回家——他住在十五公里外的地方——但朋友说服他，让他留宿在自己家。

　　几番迟疑之后，两个男人拾级而上，走向塞尔兹位于镇子上城区的那栋房屋。本雅明酩酊大醉，气喘吁吁，在小巷子中的攀登实在费劲，等到塞尔兹把他放倒在一张床上时，已经是凌晨了。醒来后，塞尔兹发现房间里空荡荡的，还有一张表示感谢和歉意的字条。

  本雅明万分羞愧，又似乎受了某种莫名其妙的侮辱，他决定终结他们之间的友谊。没有什么解释，只是感觉到他们之间的关系犹如"一个象征恶意的星座"。

  在写给哥舒姆·肖勒姆的一封信中，他暗示道："我在一片秀丽却又无法用文字再现的风景中变得混乱……"

那么，那天夜里究竟发生了什么呢?

　　塞尔兹最后一次见本雅明是 1934 年 3 月，在巴黎的花神咖啡馆。那时，本雅明已经从柏林返回巴黎。当被问到德国的形势时，他这样回答道："以后，当你听到一个德国人谈文化，你会觉得自己衣兜里有一把手枪是件好事。"

　　在岛上，本雅明因身上长疖子而深受痛苦。他必须卧床休息。接下来，他突发严重的高烧，医生很快诊断他患的是一种疟疾："因在伊比萨岛小住期间受到的各种各样的凌辱，我的抵抗力严重减弱了，而蹩脚的饮食还不是我最糟的遭遇。"

　　1933 年 9 月底，身患重病的他离开了小岛前往马赛。从此，他就再也没有回过伊比萨。

　　他预感到会有更糟糕的情况发生，但是，跟他社会研究所那些朋友的做法相反，他决定留在欧洲旧大陆。"假如敌人赢得了胜利，那么，即便是死人都不会安全。"

　　"犹太教的哈西迪教派[97]有一句名言说，在彼处，在未来的世界中，一切都将
安排得和此时此地一样。我们的房子也一样，它也将会在未来的世界中；我们的
孩子现在正熟睡在那里，他也将熟睡在未来的世界中。我们在这里所穿的衣服，
我们也将在那里穿。一切都将和此时此地一样……"

精 灵

　　"精灵"，藏在大地的最深处，决定返回世界。他们既不是不朽的神明，也不是幽灵，他们只不过是精灵。

　　他们集结在一起，每一个都带有某种强有力情感的名称。他们中有"幸福""绝望""胃口"。接着，则有"疲惫"，那是个身材瘦长的女性，眼睛哭得红红的，发型像是一捆烧焦的干草。

　　在这一行列中，还有"痛苦""快乐""畏惧""悲伤"，以及其他。

  "幸福"是一个胖嘟嘟的小精灵，性情永远欢快，他从不往酒杯中吐痰。他喝啤酒和苹果酒，这足以让他的肚子鼓起，眼窝变得湿润。

  现在，整个行列已经齐全。谁若是和这样的一个精灵稍有接触，就会注意到他冰冷的双手、僵硬的躯体，仿佛刚刚从一个糟糕的夜晚摆脱出来。而谁若是用热情的手势向这些精灵致敬，只会接收到低沉的隆隆声作为回应。

  精灵们分散在乡野各处，或者两两成对，或者三五成群，各自占据一方。

　　我已经在房子里待了好几天了。我独自一人。我什么事都不做。没什么事可做的，除了准备饭菜、洗衣服、打扫室内、浇浇花园里的花草。

　　我就这样独自一人待在房子里。我倾听着房屋，我潜伏着窥听最细小的声响。在房屋中，我感觉有着另一栋房屋：一栋位于房屋内部的房屋。

　　在母腹中，有着另一个肚腹，一个正在她的肚腹中吃喝的肚腹。然后还有一颗心，另外一颗心，一颗紧靠着母亲的心而跳动的心。

　　在房屋中，有另一栋房屋，一栋住在房屋中的房屋。或许是一栋以往的房屋，一栋生活过其他居住者的房屋，那是一些活生生的人，一些最终把寂静变得更厚更稠的生灵。但是，这里头从来就不曾有过寂静，因为我听到了树木的吱嘎吱嘎声，树叶在风中的飒飒声，蟋蟀的歌声，一只老猫嘶哑的叫声。还有什么吗？一辆轻便摩托车在远处传来的噼里啪啦声，一架飞机在高天飞过的轰隆声，一艘轮船的汽笛声。

　　已经是 9 月了，周围几乎没有什么人留下。所有人全都走了。夏天里，人们坐在凉廊下。他们曾大吃。他们曾畅饮。他们曾欢笑。他们或许也曾哭泣。他们曾闲聊，几个小时几个小时地闲聊，直到凌晨时分。我还能在我自己的叹息声中听到他们的叹息。在夜晚中的另一个夜晚，在房屋中的另一个房屋的那些欢笑与小故事。一栋过去的房屋，很久很久以前的过去。

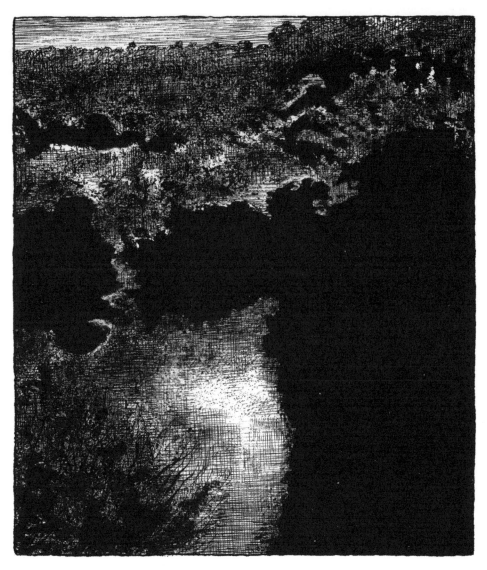

　　突然，我听到了一阵脚步声。有人打开了门，溜进了走廊。楼上的地板嘎吱嘎吱地响了起来。那是精灵"疲惫"，我敢肯定。她在低声嘀咕。我听得很清楚。我高声叫喊道：

　　"嘿，'疲惫'！你在跟谁说话呢？"

　　"我跟'犯傻'以及'不耐烦'在一起呢。我倒是把门和窗板都关严实了，但她们还是成功地溜了进来。她们肯定是从一个洞或者一道缝隙中溜进来的。但是，你别担心……"

　　我并不担心。一直以来，我就喜欢"犯傻"，我同样也喜欢"不耐烦"。她们对于我就如同一种安抚。就在不久之前，她们还会被倒挂着吊起来，直吊得脸发紫。然而，"犯傻"并不傻，"不耐烦"还相当地有耐心。总之，她们什么都了解，甚至，她们还知道未来的日子里将会发生什么。不过，她们拒绝谈论。

　　那么，未来的这几天里，明天，更晚些，在那些正不断逼近的年月里，到底会发生什么呢?

　　今天一大早，我出发，徒步上路，走上了通往山巅的道路。我脑袋疼，喉咙痒，很快地，我感到血在我的两条腿里头匆匆向下流，让腿脚肿胀。鞋子硌得我脚疼。

在这个迟来的季节，还有成千上万的苍蝇。它们在我的周围激动而又活跃。我徒劳地挥舞着树枝赶它们，它们还是不断地攻击我，直到见血。必须说，在这里，没有人的脸、胳膊和腿脚能避免水肿和生疮。甚至连马也是同样的命。苍蝇成群地麇集在它们的眼睛边。车夫下来驱赶它们。它们刚刚被赶走，又飞回来重新进攻。

　　一时间，有凉风轻轻掠过树林，然后，空气重又变得发烫。道路在灌木丛中蜿蜒伸展，而我感觉到成群结队的精灵行列在下午时微微颤动。

　　现在，在山脊上，我辨认出另一些精灵躲藏在沟壑中，一些精灵蹲在另一些精灵之上，一些精灵伪装成树叶和花朵，受到晚风的吹拂拥抱。我敢肯定：现在，在所有的树木中都有树木，在所有的手中都有手。

　　这整个一片处处覆盖在乱石与干土之上如春雷爆发的枯枝堆、枯叶层、荆棘丛，实际上掩盖了成千上万残疾的行乞者，饥饿的老态儿童，瞎眼的花，瘸腿的树。在那里的，就是"怜悯"的狂妄作品，这个精灵赤着双脚，头发是编成辫结的细绳，穿着一件破破烂烂的旧罩衣，褴褛，恶臭。很久以来，"怜悯"精灵就选定了山岭为居所。她在早先本属于"善良"精灵的傻事中做下了她的傻事。

　　我走了进去。我在餐室的桌子前坐下。正餐由一碗加了辣椒和变质油的热水开始，那油里头已经泡过油炸青椒干，然后，顶饿的主菜是黑色的蛋和烤鸡冠。葡萄酒有一种酸涩的怪味。

　　夜晚，空气潮湿黏人。热浪敲打着我的太阳穴。苍蝇对我穷追不舍。精灵们骚动不安。我狂喜，因为四下闲逛着，吹着风，竟是那么美好。

　　我希望自己不再有肉体，或者肉体能够一瞬间抛弃我。我尤其希望的是，能够感受当下一刻的巨大喜悦。当然啦，我还想要更好的，最好的：一种比更好还好的更好。但那是什么？又在哪里？我感受到了"幸福"的在场，这胖嘟嘟的小小精灵，现在正吮吸他那甜蜜的手指头。

　　我回到村里，回到房屋中。我穿上一件游泳衣，跑向滚滚流向大海的大河。在那里，在水面上，我也无法确切说清楚在哪里，有一口棺材在漂浮。

　　我得躺在这被水流带走的四块木板之间。

　　"死亡"精灵始终在追逐着。她悄无声息地追上我们，用唇轻吻我们，接着就把我们吞下。她使得我们什么都不留下，只有大地之下的骨头，被水泡得臃肿的尸体，被冲到海边，被鸟儿啄食，或者，有时候什么都不剩，只留下一些飘散在风中的灰烬。

　　"骄傲"与"幸福"俯身在我那浸了水的棺材之上。

　　瞧，"痛苦"精灵已经过来并马上渗入大地的脏腑，携带着"骄傲"与"幸福"。

　　我凝望着在我面前展开的大海。早上的天空就像一条皱巴巴的床单，在黑夜的床单上舒展开来。世界的细枝碎叶四散在滩岸上。我是不是有一天将回来，就像一棵枯黄的小草返回广袤无边的草场？

　　我深深地吸入大海的气息。我把我的手放在一个女人的后脖上：这个女人身上隐藏有一个女人。

资料来源

Isidore Ducasse
Poésies I et II
Gallimard, Paris, 1973

Kostas Papaïoannou
La Consécration de l'histoire
Champ Libre, Paris, 1983

William Faulkner
Le faune de marbre . Un rameau vert
Gallimard, Paris, 1992

Paul Verlaine
Œuvres poétiques complètes
Bibliothèque de la pléiade
Gallimard, Paris, 1938

Hugo von Hofmannstahl
Le Lien d'ombre
Jean-Yves Masson et Verdier, Paris, 2006

Ernst Toller
Une jeunesse en Allemagne
L'Age d'Homme, Lausanne, 1974

Walter Benjamin
L'Homme, le langage et la culture
Denoël, Paris, 1971

Walter Benjamin
Mythe et violence
Denoël, Paris, 1971

Walter Benjamin
Poésie et Révolution
Denoël, Paris, 1971

Walter Benjamin
Correspondance I, II
Aubier Montaigne, Paris, 1979

Walter Benjamin
Allemands. Une série de lettres
Hachette, Paris, 1979

Walter Benjamin
Charles Baudelaire
Un poète lyrique à l'apogée du capitalisme
Payot, Paris, 1982

Walter Benjamin
Rastelli raconte et autres récits
Seuil, Paris, 1987

Walter Benjamin
Paris, capitale du XIXe siecle

Cerf, Paris, 1989

Walter Benjamin
Ecrits autobiographiques
Christian Bourgois, Paris, 1990

Walter Benjamin
Écrits français
Gallimard, Paris, 1991

Walter Benjamin
Images de pensée
Christian Bourgois, Paris, 1998

Walter Benjamin
Œuvres I, II, III
Gallimard, Paris, 2000

Walter Benjamin
Sens unique. Une enfance berlinoise
Maurice Nadeau, Paris, 2007

Walter Benjamin , Gretel Adorno
Correspondance (1930-1940)
Gallimard, Paris, 2007

Walter Benjamin
Récits d'Ibiza et autres récits
Riveneuve, Paris, 2011

Walter Benjamin
Expérience et pauvreté

Payot & Rivages, Paris, 2011
Walter Benjamin
Critique et utopie
Payot & Rivages, Paris, 2012

Vicente Valero
Expérience et pauvreté
Walter Benjamin à Ibiza (1932-1933)
Le Rouergue / Chambon, Rodez, 2003

Bruno Tackels
Walter Benjamin. Une vie dans les textes
Actes Sud, Arles, 2009

Reyes Mate
Minuit dans l'histoire
Commentaires des thèses de Walter Beniamin
«Sur le concept d'histoire»
Mix, Paris, 2009

Jean-Michel Palmier
Walter Benjamin
Les Belles-Lettres, Paris , 2010

Walter Benjamin. Archives
Klincksieck, Paris, 2011

注 释

1. 作者的《不确定宣言》系列第一卷于 2012 年出版，目前已出至第九卷。前三卷以本雅明和他所处的时代为刻画对象。

2. 原文为 "Loge P2"，指 "Propaganda Due"，是成立于 1877 年的共济会大东方组织下的意大利支部。这是一个极右派组织，后因违宪而转入秘密活动，成为一个假借 "共济会" 名义的秘密组织。

3. 伊西多尔·杜卡斯（Isidore Ducasse，1846—1870），出生于乌拉圭的法国诗人，以笔名洛特雷阿蒙伯爵（Comte de Lautréamont）闻名遐迩，著有《马尔多罗之歌》等诗歌杰作。

4. 瓦尔特·本迪克斯·舍恩弗利斯·本雅明（Walter Bendix Schoenflies Benjamin，1892—1940），德国学者，犹太人，被称为 "欧洲的最后一位文人"。主要作品有《德国悲剧的起源》《发达资本主义时代的抒情诗人》《单向街》《巴黎拱廊街》等。本雅明的一生是一部颠沛流离的戏剧，他最后在西班牙边境的海边小镇布港镇自杀。他也是《不确定宣言》前三卷中最主要的主人公。

5. 科斯塔斯·帕帕约阿努（Kostas Papaïoannou，1925—1981），希腊裔法国哲学家和艺术史学家，以研究黑格尔以及马克思的作品而出名。

6. 威廉·福克纳（William Faulkner，1897—1962），美国作家，意识流文学在美国的代表人物，1949 年诺贝尔文学奖得主，其最著名的作品为小说《喧哗与骚动》（1929）。

7. 这句诗引自法国诗人雷翁·费雷（Léon Ferré，1916—1993）的诗篇《我还看得见您：魏尔仑》。魏尔仑（Paul Verlaine，1844—1896）是法国著名的象征主义诗人。

8. 欧也妮·普莱的法语为 "Eugénie Poulet"，故而有 "小母鸡"（Poulette）这一外号。

9. 帕夏（Pacha）通常是总督、将军的意思。法语中指懒散的人，又译 "巴夏" "帕沙"。

10. "帕雅克"（Pajak）与 "不是雅克"（pas Jacques）在法语中是同样的发音。故而听电话时难以辨别清楚。

11. 布封（Buffon，1707—1788），法国博物学家、散文作家。

12. 这里有文字游戏，"小淘气" 和 "小妖精们" 的原文分别为 "le lutin" 和 "les lus"，而树懒的原文是 "l'aï"，见上文的说明。

13. 萨缪尔·贝克特（Samuel Beckett，1906—1989），爱尔兰裔法国作家，写戏剧、小说、诗歌。他是 "荒诞派戏剧" 的代表人物，1969 年获得诺贝尔文学奖。

14. 《世界与裤子》写于 1945 年，正值画家范·费尔德兄弟在 "五月" 画廊与梅格特画廊举办画展之际。

15. 亚伯拉罕·范·费尔德（Abraham Van Velde，1895—1981），荷兰野兽派、抽象派画家。杰拉德斯·范·费尔德（Gerardus Van Velde，1898—1977），荷兰画家，亚伯拉罕的兄弟，以强烈的色彩和几何形的绘画风格而闻名。

16. 凡·高（Van Gogh，1853—1890），荷兰后印象派画家。蒙德里安（Mondrian，1872—1944），荷兰

画家，风格派运动幕后艺术家和非具象绘画的创始者之一。

17. 乔治·杜推（Georges Duthuit，1891—1973），法国作家、艺术评论家和历史学家。对马蒂斯、亚伯拉罕·范·费尔德等人有过重要评论。

18. "水平方向上一望无际的故国"和"水平方向上一路延伸开去的小麦田"分别指荷兰与法国。

19. 科西嘉是地中海的岛屿，属法国；马略卡是地中海岛屿，属西班牙。

20. 詹姆斯·乔伊斯（James Joyce，1882—1941），爱尔兰作家、诗人，20世纪最伟大的作家之一，其作品对世界文坛影响巨大。其代表作为小说《尤利西斯》（1922）和《芬尼根守灵夜》（1939）等。

21. "下巴胡子"游戏，是一种儿童游戏，两人对面而立，互相摸着对方的下巴，同时唱儿歌。谁先笑谁输。

22. 伊比萨岛（Ibiza），位于地中海西部，是西班牙巴利阿里群岛的一部分。

23. 夏尔·莫拉（Charles Maurras，1868—1952），法国作家、政治家、诗人、评论家。他是保王派人士、反犹主义者，是右翼政治运动"法兰西行动"的组织者。

24. 雷翁·勃鲁瓦（Léon Bloy，1846—1917），法国小说家、随笔作家。

25. 拉丁语，意思即下文的那一句："让艺术涌现，让世界死去！"

26. 马里内蒂（Marinetti，1876—1944），意大利诗人、剧作家，未来主义运动的领袖。

27. 胡戈·巴尔（Hugo Ball，1886—1927），德国作家、诗人，是苏黎世的达达主义运动的创始人。

28. 艾美·海宁斯（Hemmy Hennings，1885—1948），德国演员、诗人。她是著名的达达主义者胡戈·巴尔的妻子。

29. 威兰德·赫兹菲尔德（Wieland Herzfelde，1896—1988），德国出版商、作家。

30. 约翰·哈特费尔德（John Heartfield，1891—1968），德国视觉艺术家，是威兰德·赫兹菲尔德的兄长。他率先将艺术用作政治武器，其最著名的蒙太奇作品体现了反纳粹和反法西斯主义的思想。

31. 汉斯·里希特（Hans Richter，1888—1976），德国画家、艺术家，也是电影制片人。

32. 特里斯坦·查拉（Tristan Tzara，1896—1963），罗马尼亚诗人、剧作家，达达主义的领袖人物。

33. 伊丽莎白·福尔斯特 – 尼采（Elisabeth Förster-Nietzsche，1846—1935），是哲学家弗里德里希·尼采的妹妹，尼采档案馆的创建者，具有法西斯主义倾向。

34. 卢卡奇·久尔吉（Lukács György，1885—1971），匈牙利著名的哲学家和文学批评家，也是当代影响最大、争议最多的马克思主义哲学家、评论家之一。

35. 乔治·西姆农（Georges Simenon，1903—1989），比利时著名小说家，以侦探小说闻名世界文坛。

36. 哥舒姆·肖勒姆（Gershom Scholem，1897—1982），出生于德国的犹太哲学家和历史学家。犹太神秘主义现代学术研究的创始人。他是本雅明的好友。

37. 卡尔·克劳斯（Karl Kraus，1874—1936），奥地利作家、诗人和记者，也是评论家。

38. 乔治·杜阿梅尔（Georges Duhamel，1884—1966），法国作家，主要作品有《文明》和《帕斯基埃家族史》。

39. 《娜嘉》（1928）是超现实主义领袖人物布勒东（André Breton，1896—1966）的一部小说《不确定宣言2》对《娜嘉》有大量的影射和涉及。

40. 路易·阿拉贡（Louis Aragon，1897—1982），法国诗人，超现实主义运动的代表人物之一。《巴黎农民》是他的一部小说。

41. 《新天使》（*Angelus Novus*）本来是瑞士画家保罗·克利的一幅画，本雅明很喜欢它，于1921年在慕尼黑以一千马克的价格买下了它，并总是把它挂在自己的住所墙上。后来，他想办一份杂志，就取名为《新天使》。《不确定宣言3》对此画有一定篇幅的描写。

42. 阿德丽安娜·莫尼埃（Adrienne Monnier，1892—1955），法国书商、作家，出版人。

43. 雷翁 - 保尔·法尔格（Léon-paul Fargue，1876—1947），法国抒情诗人，以写巴黎著名。

44. 塞利纳（Céline，1894—1961），法国作家，原名路易 - 费迪南·德图什。他被认为是 20 世纪最有
    影响的法国作家之一，他的小说《茫茫长夜漫游》（1932）被看成法国 20 世纪最重要的文学作品之
    一。然而他也是一个有争议的人物，因为他在"二战"中支持亲纳粹的维希政府，并有过一些激进
    的反犹言行。1945 年初塞利纳逃亡丹麦，被法国政府通缉，后被监禁于丹麦监狱，1950 年被法国
    法庭缺席判刑。1951 年特赦回国。

45. 塞利纳的《为了一场屠杀的零碎小事》（Bagatelles pour un massacre）撰写并出版于 1937 年，后来
    成为德军占领期间法国最畅销的图书之一，书中的反犹主义思想表达十分明显。

46. 《被杀害的诗人》（1916）是法国诗人纪尧姆·阿波利奈尔（Guillaume Apollinaire，1880 — 1918）
    的一个短篇小说和故事集。

47. 戈特弗里德·贝恩（Gottfried Benn，1886—1956），德国诗人，其作品具有强烈的表现主义色彩。
    卡尔·古斯塔夫·荣格（Carl Gustav Jung，1875—1961），瑞士心理学家、精神科医生，分析心理
    学的创始人之一。

48. 马克斯·霍克海默（Max Horkheimer，1895—1973），德国哲学家，法兰克福学派的创始人之一。
    1930 年任法兰克福大学社会研究所所长，创办了《社会研究杂志》，广泛吸收一批学者致力于对现
    代资本主义社会的多学科综合研究，其中就包括本雅明。1933 年希特勒执政后，他把社会研究所先
    后迁到日内瓦、巴黎及美国。另外，他跟本雅明的私人关系也很好。

49. 安德烈·纪德(André Gide, 1869—1951），法国作家，主要作品有小说《背德者》《伪币制造者》等，
    散文诗集《人间食粮》，自传《假如种子不死》，游记《刚果之行》《乍得归来》等。1947 年获诺
    贝尔文学奖。

50. 胡戈·冯·霍夫曼斯塔尔（Hugo von Hofmannsthal，1874—1929），奥地利小说家、剧作家、诗人、
    评论家，是德语文学中唯美主义和象征主义的重要代表。

51. 法国作家安德烈·马尔罗（André Malraux，1901—1976）的小说《人类的境况》（1933），以中国
    1927 年的大革命以及"4·12"反革命政变为背景。

52. 阿利坎特（Alicante），西班牙城市。

53. 1933 年 1 月 30 日，阿道夫·希特勒正式就任德国总理，标志着德国进入纳粹时代。

54. 《景观社会》（La Société du Spectacle）是法国思想家居伊·德博（Guy Debord）写的一部哲学理论
    作品，在法国出版于 1967 年。德博写此书意在暴露资本主义社会的弊端，在客观上推动了 1968 年
    巴黎的学生运动。

55. 堂娜卢卡塔村（Donna Lucata），意大利西西里岛的一个渔村。后文中的锡拉库萨、拉古萨、诺托，
    也是西西里的地名。

56. 意大利语："永远的巴洛克"。

57. 恩斯特·托勒尔（Ernst Toller，1893—1939），德国剧作家，也是德国表现主义戏剧的重要代表。
    托勒尔于 1918 年 11 月革命期间加入德国独立社会民主党，积极参加巴伐利亚苏维埃共和国的活动，
    起义失败后被判五年监禁。希特勒上台后先后流亡瑞士、法国、英国，1939 年在美国纽约自杀。

58. 卡尔·李卜克内西(Karl Liebknecht，1871—1919)，德国无产阶级革命家，社会民主党和第二国际
    左派领袖，德国共产党的创始人之一。罗莎·卢森堡 (Rosa Luxemburg，1871—1919)，德国革命家、
    思想家、理论家。她跟李卜克内西一样，也是德国共产党的创始人之一。

59. 恩斯特·托勒尔第一次世界大战时自愿从军，后负伤退伍。

60. 土豆传入欧洲后，人们一直都不太喜欢它，法国人更是视之为魔鬼。土豆长期被看作是穷人和牲畜吃的食物，达官贵人根本不屑于吃。通过一些学者多年的努力推广，土豆才慢慢地被大众接受。据说，为鼓励法国人食用土豆，国王路易十六曾把土豆花别在外衣上，王后也曾把土豆花插在头发上。

61. 台奥多尔·维森伦德·阿多诺（Theodor Wiesengrund Adorno，1903—1969），德国哲学家、社会学家、音乐理论家，法兰克福学派第一代的主要代表人物，批判理论的奠基者。他是本雅明的好友。

62. 布甘维尔（Bougainville，1729—1811），法国航海家，留有《布甘维尔游记》。

63. 菲利克斯·诺埃格拉特（Felix Noeggerath，1885—1960），德国作家。

64. 赖纳·马里亚·里尔克（Rainer Maria Rilke，1875—1926），奥地利诗人，出生于布拉格。代表作有《生活与诗歌》《杜伊诺哀歌》等，还有日记体长篇小说《马尔特手记》。

65. 圣安东尼奥（San Antonio）是西班牙一地。

66. 伊丝塔（Isthar）是古代地中海一带部分地区人们（尤其是美索不达米亚各民族）信奉的爱与战争女神。下文中的巴力（Baal）也是上古时期中东地区的人们信奉的主神之一。

67. "Ultima multis"是拉丁语名言，整句为"Dubia omnibus, ultima multis"，意思是"于全众乃不确定，于众多此乃最终"。

68. 阿尔贝·加缪（Albert Camus，1913—1960），法国小说家、哲学家、戏剧家、评论家，是存在主义文学的代表人物之一。1957年获得诺贝尔文学奖。

69. 汉娜·阿伦特（Hannah Arendt，1906—1975），思想家、政治理论家，德国犹太人，代表作有《极权主义的起源》《人的条件》《精神生活》等。

70. 奥托·魏宁格（Otto Weininger，1880—1903），奥地利哲学家。代表作为《性与性格》，这是他的博士学位论文，获得学位后一年出版，同一年他自杀。

71. 库尔特·布鲁曼菲尔德（Kurt Blumenfeld，1884—1963），德国出生的犹太复国主义者，曾是世界犹太复国主义组织的秘书长。他也是汉娜·阿伦特的朋友。

72.《塔木德》（Talmud）是犹太教口传律法的汇编，重要性仅次于圣经的典籍。

73.《托拉经》通指圣经《旧约》的前五卷书。

74. 据哥舒姆·肖勒姆在书信中透露，这是本雅明想给自己取的一个秘密的名字，肖勒姆认为，"Agesilaus Santander"应该是"Der Angelus Satanas"（意思是"天使魔鬼"）的变体。苏珊·桑塔格在她的书《在土星的标志下》中对此有所叙述。

75. 本雅明的全名为瓦尔特·本迪克斯·舍恩弗利斯·本雅明（Walter Bendix Schoenflies Benjamin）。

76. 所谓的"铅弹年代"（années de plomb）这一表达法，在很多国家中都用来指政治暴力迭起的时代，尤其指1970年代。"铅弹年代"的说法在意大利很流行，有人认为，它来源于一部1981年在意大利放映时取名为《铅弹年代》的德国电影。这部电影讲述了德意志联邦共和国两名激进极左派成员的生活。

77. 当时，博洛尼亚火车站发生炸弹爆炸事件，意大利红色旅曾宣布对这一巨大惨案负责，但警方后来认定，恐怖事件是由新法西斯分子所为。

78. 里奇奥·杰利（Licio Gelli，1919—2015），意大利金融家，法西斯分子，他在1981年被认为是共济会宣传二处的后台老板。

79. 萨拉扎（Salazar），西班牙一地。

80. 贝尔托特·布莱希特（Bertolt Brecht，1898—1956），德国戏剧家、诗人。曾投身工人运动，1933年后流亡欧洲大陆。1941年经苏联去美国，但战后遭迫害，1947年返回欧洲。1948年起定居柏林。

81. 齐格弗里德·克拉考尔（Siegfried Kracauer，1889—1966），德国作家、记者、社会学家、文化评论家和电影理论家。

82. 恩斯特·布洛赫（Ernst Bloch, 1885—1977），德国马克思主义哲学家，主要著作有《希望的原理》。

83. 恩斯特·舍恩（Ernst Schoen, 1894—1960），德国作曲家、作家、翻译。在电台工作期间，曾大力宣扬共产主义思想。1934 年因"危害第三帝国罪"而被捕。

84. 约瑟夫·戈培尔（Joseph Goebbels, 1897—1945），德国政治家、演说家。曾担任纳粹德国的国民教育与宣传部部长，被称为"宣传天才""纳粹喉舌"，是"创造希特勒的人"。

85. 阿尔弗雷德·德布林（Alfred Döblin, 1878—1957），德国左派作家。代表作有小说《柏林，亚历山大广场》等。

86. 亨利希·曼（Heinrich Mann, 1871—1950），德国小说家，代表作有《臣仆》《亨利四世》等。他是托马斯·曼的哥哥。

87. 库尔特·图霍尔斯基（Kurt Tucholsky, 1890—1935），德国记者、评论家、作家，其作品多为抨击社会现状的讽刺小品、剧本、歌词和诗。

88. 葛蕾妲·卡尔普鲁斯 (Greta Karplus, 1902—1993)，德国化学家。原名玛葛蕾妲·卡尔普鲁斯（Margarete Karplus），本雅明常常用昵称葛蕾黛尔（Gretel）来称呼她。她于 1937 年与阿多诺结婚。

89. 皮埃尔·马克·奥尔朗（Pierre Mac Orlan, 1882—1970），法国作家，写小说、幽默故事、歌词、随笔、回忆录等。

90. 雷耶斯·马特（Reyes Mate, 1942— ），西班牙哲学家。

91. 语见圣经《新约·哥林多后书》12 : 10。语曰："我为基督的缘故，就以软弱、凌辱、急难、逼迫、困苦为可喜乐的，因我什么时候软弱，什么时候就刚强了。"

92. 保尔·勒内·高更（Paul René Gauguin, 1911—1976），挪威画家、雕塑家、舞台美术家。

93. 拉乌尔·亚历山大·维兰（Raoul Alexandre Villain, 1885—1936），法国民族主义者。1914 年 7 月在巴黎暗杀法国社会党领袖让·饶勒斯（Jean Jaurès, 1859—1914）。1919 年他被陪审团裁定无罪，后逃亡到伊比萨岛，在西班牙内战期间被人杀死。

94. 托艾特·布劳波特·腾·卡特（Toet Blaupot ten Cate, 1902—2002），荷兰女画家。原名为安娜·玛丽娅·布劳波特·腾·卡特（Anna Maria Blaupot ten Cate），托艾特是本雅明对她的昵称。她于 1933 年结婚，嫁给了法国人塞彼埃（Louis Charles Emmanuel Sellier）。

95. 吉赛尔·弗伦德（Gisèle Freund, 1908—2000），法国摄影师、记者、社会学家。

96. 葛蕾黛尔（Gretel）就是上文中提到的葛蕾妲（Greta）。

97. 所谓的"哈西迪教派"是犹太教的一个虔修派和神秘运动，18 世纪时起源于波兰犹太人。

图书在版编目（CIP）数据

不确定宣言 . 1, 本雅明在伊比萨岛 / (法) 费德里克·帕雅克著；余中先译 . -- 成都：四川文艺出版社，2021.10
ISBN 978-7-5411-6075-2

Ⅰ . ①不… Ⅱ . ①费… ②余… Ⅲ . ①传记小说—法国—现代 Ⅳ . ① I565.45

中国版本图书馆 CIP 数据核字 (2021) 第 137656 号

MANIFESTE INCERTAIN VOLUME 1, by Frédéric Pajak
© 2012 Noir sur Blanc, Lausanne
Text translated into Simplified Chinese © 2021 Ginkgo (Beijing) Book Co., Ltd
This copy in Simplified Chinese can be distributed throughout The World, hereby excluding Hong Kong, Taiwan and Macau.
Simplified Chinese language edition published by arrangement with Noir sur Blanc, through The Grayhawk Agency

本书简体中文版权归属于银杏树下（北京）图书有限责任公司
版权登记号：图进字 21-2020-383 号

BUQUEDING XUANYAN 1: BENYAMING ZAI YIBISADAO

不确定宣言 1：本雅明在伊比萨岛

[法] 费德里克·帕雅克 著

余中先 译

出 品 人	张庆宁
选题策划	后浪出版公司
出版统筹	吴兴元
编辑统筹	周 茜
责任编辑	李国亮 邓 敏
特约编辑	张媛媛 雷淑容
责任校对	汪 平
装帧制造	墨白空间·郑琼洁
营销推广	ONEBOOK

出版发行	四川文艺出版社（成都市槐树街 2 号）
网 址	www.scwys.com
电 话	028-86259303（编辑部）
传 真	028-86259306

印 刷	天津图文方嘉印刷有限公司		
成品尺寸	172mm×240mm	开 本	16 开
印 张	38	字 数	150 千字
版 次	2021 年 10 月第一版	印 次	2021 年 10 月第一次印刷
书 号	ISBN 978-7-5411-6075-2	定 价	180.00 元（全 3 册）

后浪出版咨询(北京)有限责任公司 常年法律顾问：北京大成律师事务所
周天晖 copyright@hinabook.com

未经许可，不得以任何方式复制或抄袭本书部分或全部内容
版权所有，侵权必究